ASTRID DEHE | NAGARS NACHT | ACHIM ENGSTLER

Eins.

Eine schmale Straße in Holon, dem Industrie-Vorort Tel Avivs. Aus einem der niedrigen, an den Rand geduckten Häuser, die von dahinter aufragenden Wohnblocks beschattet werden, tritt ein korpulenter kleiner Mann, Mitte siebzig mag er sein, vielleicht älter. Er trägt eine schwarze Jacke, weißes Hemd, schwarze Hosen. Sein sonnengegerbtes Gesicht umrahmt ein sorgsam gepflegter weißer Bart, eine schwarze Mütze sitzt auf dem Hinterkopf, weiße Locken hängen von den Schläfen. In der rechten Hand hält er einen kleinen Koffer.

Die dunklen Augen sind wach; vorsichtig schaut der Alte nach allen Seiten, bevor er die Türe schließt, vorsichtig setzt er die Füße auf die Betonplatten, öffnet mit der Linken vorsichtig das halbhohe eiserne Tor. Auf dem Gehsteig erfasst ihn Unruhe, mit kurzen, raschen Schritten läuft er die Straße hinunter, ständig dreht er sich um, tritt auf die Fahrbahn, wieder zurück auf den Gehsteig, läuft schließlich seitwärts wie ein Krebs, als müsse er gleichzeitig im Blick behalten, was vor und hinter ihm geschieht, als dürfe er nichts und niemandem den Rücken kehren.

Sein Ziel ist ein Gelände am Rand des Viertels. Gehetzt, erschöpft kommt er an, beruhigt sich erst wieder, als er den Schafstall vor sich sieht. Er stellt seinen Koffer ab, wischt mit dem Ärmel Schweiß von der Stirn. Noch einmal dreht er sich um, seine Augen prüfen die angrenzende, mit Zypressen und Palmen bestandene Anhöhe, die baufälligen Schuppen davor, die Zäune aus Wellblech.

Die Dinge stehen an ihrem Platz. Der Alte geht zum aus rohen Brettern gezimmerten Verschlag neben dem Stall, an einem Nagel hängt ein blauer Kittel, den tauscht er gegen seine schwarze Jacke. Darüber zieht er eine blaue Schürze, öffnet den Koffer, holt ein Paar dicke Gummisohlen heraus, dazu ein Handtuch und einen Holzkasten. Die Sohlen bindet er sich unter die Schuhe.

Er hakt das Gatter des Stalls auf, spricht mit den Tieren, denen er vertraut ist, hält eines beiseite, treibt die andern zurück. Das ausgewählte Schaf drückt er zu Boden, fesselt ihm mit zwei Riemen die Läufe. Dann hievt er es in eine Schubkarre, der Körper hängt über den Rand, die gebundenen Läufe stehen ab. Das Tier bleibt still, schaut den Alten an wie betäubt. Der öffnet seinen Holzkasten, nimmt ein Messer heraus und Wetzstahl, fährt mit dem Daumen über die Schneide, hebt sie gegen das Licht, beginnt, sie mit rhythmischen Bewegungen zu schärfen. Das Schaf sieht zu. Der Stahl singt unter der geübten Hand, wieder und wieder prüft der Alte die Schneide, längst ist keine Scharte mehr zu sehen, keine zu tasten, dennoch schärft er weiter. Scharten gibt es, die menschliche Augen nicht erblicken, menschliche Daumen nicht erfühlen können, Scharten von Flammenzungen, dunklen Flügeln. Hinweg mit ihnen. Reinheit will das Gesetz. Es ist Geist, nicht Stahl. Geschärft werden muss über die Schneide hinaus.

Der Alte fasst den Kopf des Schafes, legt ihm mit Daumen und Zeigefinger die Ohren über die Augen.

Er spricht ein Gebet.

Er zieht das Messer durch die Kehle des Tiers ohne abzusetzen, zertrennt Schlagadern, Venen, Luft- und Speiseröhre mit einem einzigen Schnitt.

Quer über das Gelände schiebt ein Mann einen andern, der im Rollstuhl sitzt. Ihr Ziel ist der Rastplatz, ein zwischen Geflügelställen und Hinterhöfen improvisiertes Ensemble: eine Feuerstelle, auf der sich Fleisch braten und Tee zubereiten lässt, ein hölzerner Tresen, ein schlichter hölzerner Tisch, Klappstühle. Das Ganze hat man nachlässig überdacht; den schweren Regen, der hier manchmal fällt, halten die auf sieben Pfosten gelegten Bretter kaum ab.
Der im Rollstuhl wird neben den Tisch gefahren. Den Kopf hält er starr, man sieht sein schmales, scharfes Profil. Kinn und Wangen sind glattrasiert, die grauen Haare kurz geschnitten, den mageren Hals wärmt ein karierter Schal. Der andere, ein kräftiger Mann mit Vollbart, legt ihm die Hand auf die Schulter, geht dann zur Feuerstelle, wo er einen Topf Wasser aufsetzt.
Kurze Zeit später bringt er drei weiße Henkelbecher, in denen Tee dampft. Aus den Jackentaschen holt er drei Birnen und ein Messer, teilt die Früchte, legt die Hälften neben die Becher, steckt das Messer wieder in die Tasche. Er setzt sich auf einen der Klappstühle. Von den Ställen dringen die Geräusche der Hühner, Enten und Gänse herüber, ein an- und abschwellender Wechselgesang, mit dem die Tiere sich ihres Daseins versichern.
Dem Kräftigen ist sein Stuhl zu klein, immer wieder wechselt er die Position, erweckt den Eindruck, lieber zu stehen als zu sitzen. Der Mann im Rollstuhl rührt sich kaum. Seine Beine sind gelähmt, auch die Bewegungsfreiheit der Arme und des Halses ist eingeschränkt: Die Hände kann er nicht weit heben, den Kopf nur in kleinem Winkel drehen.

Der Alte kommt, noch immer in seinem Kittel und der blauen Schürze, die jetzt blutbefleckt ist. Er singt, während er geht. Als er den Rastplatz betritt, wird das Singen ein Summen, summend legt er dem Kräftigen die Hand auf die Schulter, summend dem im Rollstuhl. Dann setzt er sich zwischen die beiden und nimmt einen Schluck Tee.
Alle drei tragen die Kippa, die runde Mütze, die den Hinterkopf bedeckt und Gottesfurcht anzeigt. Schläfenlocken hat nur der Alte. Er nimmt einen weiteren Schluck aus seinem Becher, lehnt sich zurück, verschränkt die Hände über der Schürze und beginnt zu erzählen: Woher sollte ich denn wissen, wer Eichmann war. Adolf Eichmann, den Namen hatte ich nie gehört.

Der Alte ist Shalom Nagar. Der Kräftige ist Ben, mein Freund, der im Rollstuhl, das bin ich, Moshe.
Mit Nagar ist Eichmann zurückgekehrt in mein Leben. Ich hatte ihn fast schon vergessen. Die Mappen, in denen Zeitungsartikel über ihn und seinen Prozess gesammelt waren, lagen in einer Ecke meines Regals, begraben unter Partituren. Spinnweben verschlossen die Bücher, die seine Untaten beschreiben, Bücher, die ich früher so oft zur Hand genommen und studiert hatte. Irgendwann ließ ich sie liegen. Warum? Darauf habe ich keine Antwort. Vielleicht, weil ich nicht begriff, vielleicht, weil ich nicht mehr wusste, was ich begreifen wollte. Eichmann verschwand.
Er tauchte wieder auf, als Ben mich zu einem Filmabend mitnahm. Gezeigt wurde *Der Henker,* ein Dokumentarfilm. Es ging um Shalom Nagar, Gefängniswärter, Schächter, Heiler – den Henker Adolf Eichmanns. Nagar war einge-

laden worden zu dem Abend, hörten wir anschließend, jedoch nicht erschienen.
Ich kenne ihn, sagte Ben. Er wohnt hier in Holon, nicht weit von dir entfernt. Wenn du willst, besuchen wir ihn.
Ich wusste nicht, ob ich wollte. Eichmann, dachte ich, wäre es Eichmann, ihn würde ich besuchen wollen. Allein. Aber Eichmanns Henker?
Am nächsten Tag holte Ben mich ab. Er schob mich an Nagars Häuschen vorbei, schob mich zum Gelände am Rande des Viertels, er schob mich am Schafstall vorbei und zum Rastplatz. Da war der Alte, sah aus wie im Film, saß da wie im Film.
Shalom, das ist Moshe, sagte Ben. Ein alter Freund. Er möchte dich kennenlernen.
Nagar sah mich an mit dunklen unruhigen Augen, nickte und begann zu reden, sagte, was er im Film gesagt hatte, stellte sich vor mit seiner Geschichte, dem Text, den er sich auf den Leib geschrieben hat: Woher sollte ich denn wissen, wer Eichmann war. Adolf Eichmann, den Namen hatte ich nie gehört. Ich bin aus dem Jemen gekommen, als Junge, wisst ihr, dreizehn, vierzehn Jahre alt, vom Krieg hatte man uns erzählt, von all den andern Sachen nichts. Eichmann? Wer war das? Erst als ich ihn bewachen musste, habe ich herausgefunden, wer das ist.

Der Henker Eichmanns? Zweifel bleiben. War es wirklich Shalom Nagar, der am 31. Mai 1962 den Knopf drückte, der die Falltür öffnete, durch die Adolf Eichmann fiel, einen Strick um den Hals? Waren es Nagars Hände, die in

der Nacht jenes Tages Eichmanns Leichnam in den Ofen schoben, der ihn zu Asche verbrennen sollte?
Nagar besteht darauf; er ist besessen von dem Menschen. Eichmann ist noch da, glaubt er. Eichmann wird ihn holen. Er, Shalom Nagar, Eichmanns Henker, wird Eichmanns letztes Opfer sein. Denn eines fehlt noch. Eichmann, glaubt Nagar, wurde nicht fertig. Ein Jude fehlt ihm in der Rechnung.

Woher sollte ich denn wissen, wer Eichmann war. Adolf Eichmann, den Namen hatte ich nie gehört. Ich bin aus dem Jemen gekommen, als Junge, wisst ihr, dreizehn, vierzehn Jahre alt, vom Krieg hatte man uns erzählt, von all den andern Sachen nichts. Eichmann? Wer war das? Erst als ich ihn bewachen musste, habe ich herausgefunden, wer das ist. Jetzt kenne ich ihn, jeden Tag ist er da, ich weiß alles –
Wer ist jeden Tag da?
Eichmann!
Eichmann ist tot, Shalom.
Ich war sein Leibwächter, Ben. Ich war mit ihm in seiner Zelle. Drei Wächter gab es, einen in der Zelle, einen im Vorraum, einen in dem Raum dahinter. Ich war mit ihm in der Zelle. Überallhin habe ich ihn begleitet, sogar auf die Toilette musste ich mit ihm gehen.
Du musstest seinen Gestank riechen?
Nein, nein. Die Deutschen sind sauber, Ben. So rein! Sie sind böse. Eichmann war auch böse. Wenn er die Toilette betrat, zog er als erstes die Spülung. Die ganze Zeit lief das Wasser, während er seine Sache erledigte. Ich sollte

nichts riechen. Dann stand er auf, machte den Deckel zu und wusch sich die Hände, zwei-, dreimal. Hätte ich nicht gewusst, wer er war, ich hätte gedacht: Was für ein Heiliger. Sie haben einen Heiligen gefangen. Er hat nie etwas falsch gemacht. Für alles hat er sich bedankt bei mir, gracias, gracias, hat er gesagt. Das heißt danke, auf Spanisch.

Kannst du denn Spanisch?

Nein, woher. Wir haben uns mit den Händen verständigt. Anders ging es ja nicht, er konnte kein Hebräisch, ich konnte kein Deutsch. Aber wir haben uns verstanden. Ich musste Eichmann auch das Essen holen. Das habe ich dann auf ein spezielles Tablett mit Deckel getan, an dem ein Schloss war. Ich musste dafür sorgen, dass es auf dem Weg von der Essensausgabe bis zu seiner Zelle verschlossen blieb. Damit ihm niemand was ins Essen tun konnte. Sie hätten ja jemanden dafür bezahlen können, ihm Gift ins Essen zu mischen.

Wer, sie?

Die sich rächen wollten. Und die anderen, die nicht wollten, dass er redet. Alles musste gesichert sein. Eichmann im Gefängnis vergiftet! Das hätte einen Skandal gegeben. Es war doch ein internationaler Prozess, die ganze Welt hat zugeschaut. Ich bin mit dem Tablett in seine Zelle gegangen. Aber bevor ich ihm das Essen geben durfte, musste ich es probieren. Er sagte: Du musst zuerst essen, Shalom!

Wer hat das gesagt?

Merhavi, mein Kommandant. Einmal habe ich ihn gefragt: Warum muss ich sein Essen probieren, warum kann das nicht jemand anders tun? Er sagte, hör zu, Shalom, wenn wir einen Jemeniten verlieren, ist das nicht schlimm. Es sind

schon viele Jemeniten gestorben. Aber Eichmann, der durfte nicht sterben. Es war ja ein internationaler Prozess.
Wenn du dich lange Zeit um jemanden kümmerst, kommst du ihm nahe. Er wird dir vertraut. Er tut dir leid. Ich hätte ihn nicht schlagen können. Ich habe überhaupt nie einen Gefangenen geschlagen. Nachdem das Urteil verkündet worden war, kam Merhavi zu mir. Eichmann sollte aufgehängt werden, aber er hatte irgendeinen – er wollte das Urteil nicht annehmen.
Er hat Berufung eingelegt?
Ja, und keiner wusste, wie lange das dauert. Merhavi kam zu mir und fragte: Shalom, wenn es so weit ist, bist du bereit, den Knopf zu drücken? Ich sagte, ich will nicht. Jeder andere wollte es tun, ich war der einzige, der nicht wollte. Am Ende wurde gelost. Und Merhavi sagte: Das ist ein Befehl, Shalom. Das Los ist auf dich gefallen, du wirst es tun.
Als der Tag kam – ich hatte frei an dem Tag –, haben sie mich geholt. Ich war spazieren mit Ora und unserem kleinen Sohn, da hielt ein Auto neben uns, die Tür wurde geöffnet, der Kommandant zog mich hinein und wir fuhren los, zum Gefängnis. Am Abend sollte Eichmann gehängt werden.
Alles ging schnell. Wir ließen den Strick herunter, legten die Schlinge über seinen Kopf, und ich – ich ging dahin, wo der Tisch war. Ich drückte den Knopf, und die Falltür öffnete sich und er fiel.
Ich war sechsundzwanzig Jahre alt damals, fast noch ein Kind. Was wusste ich denn? Nie hatte ich einen Mann hängen sehen. Als wir in die Kammer kamen, in der er hing, sah ich sein Gesicht, weiß wie ein Laken. Wenn du erwürgt

wirst, fließt dein Blut nämlich nicht mehr in den Kopf. Und die Augen werden aus ihren Höhlen gedrückt. Sie kommen heraus.
Seine Augen waren herausgefallen?
Groß geworden. Als ob sie dich berühren wollten. Und die Zunge hing ihm aus dem Mund, bis hierhin.
Bis auf die Brust? So eine Zunge?
Bis ans Kinn. Bis übers Kinn hing seine Zunge, ich weiß nicht, warum. Sie war voller Blut, das kam vom Druck der Schlinge auf seine Kehle. Der bloße Anblick machte mich krank. Ich versteckte mich hinter meinen Kollegen, damit der Kommandant mich nicht aufrufen würde. Aber dann rief Merhavi: Nagar, herkommen! Ich sagte: Lassen Sie mich in Ruhe, Chef, ich kann das nicht ertragen, ich kann ihn nicht ansehen. Er sagte: Jetzt komm her und diskutiere nicht, Shalom. Das ist kein Spiel hier.
Ich stieg also aufs Gerüst, um Eichmann hochzuziehen, damit Merhavi den Strick losmachen konnte. Eichmann hing da, mit schiefem Kopf, sah mich an von der Seite, berührte mich fast mit seinen Augen. Ich fing an zu zittern. Und dann sagte er etwas.
Wer?
Eichmann!
Wie das denn? Er war doch schon tot.
Er hatte etwas gesagt, bevor er starb. Das ist wie beim Radiohören: Ziehst du den Stecker raus, während das Radio läuft, spielt es danach noch ein bisschen weiter. Wenn Menschen sterben, während sie reden, ist es dasselbe. Den letzten Satz nehmen sie mit in den Tod. Und wenn sie können, wenn Luft da ist, sagen sie ihn noch.

Genau das passierte mit Eichmann. Ich wußte nicht, dass er noch Luft im Magen hatte. Ich fasste ihn um den Bauch, und die Luft kam heraus. Ich verstand nicht, was er sagte, aber es war ein Fluch. Er verfluchte mich. Und mit dem Satz kam das Blut raus, das er im Mund hatte. Er spuckte es mir ins Gesicht. Der Kommandant stand hinter mir, er war geschützt. Alles Blut traf mich, den kleinen Jemeniten. Und dann –

Genug für heute, Shalom. Moshe muss wieder nach Hause.

Nein, warte, Ben, ich will die Geschichte zu Ende erzählen. Du weißt doch, ich erzähle richtige Geschichten, keinen Unsinn. Wir Wächter mussten Eichmann immer in die Mitte nehmen, das war ein Befehl. Wenn sein Verteidiger kam, wenn er aufs Dach durfte, wenn er auf die Toilette wollte: Ich habe ihn gefesselt –

An Armen oder Beinen?

An Armen und Beinen.

Wie konnte er dann zur Toilette gehen, frage ich dich.

Wenn wir da waren, habe ich ihm die Fesseln abgenommen. Wir mussten Eichmann also in die Mitte nehmen. Und dann, als ich wieder im Dienst war, mussten die Kollegen mich in die Mitte nehmen!

Was soll das heißen, Shalom? Sie haben dich bewacht?

Beschützt! Ich hatte nach der – nach dieser Nacht hatte ich drei Tage Sonderurlaub. Zur Erholung. Dann sollte ich wieder Dienst tun. Aber es ging nicht. Ich konnte kaum die Treppen steigen. Und in den zweiten Stock, wo seine Zelle war, Eichmanns Appartement, so nannten wir den Trakt, habe ich mich überhaupt nicht mehr getraut. Ich dachte, da wartet er auf mich. Darum gaben sie mir die Eskorte: zwei

Kollegen, die mich in die Mitte nahmen, wenn es Zeit war für den Rundgang. Der Kommandant sah das nicht gern, die Kollegen fehlten ja anderswo, und mir war es peinlich. Aber was sollte ich machen? Eichmann bekam ich nicht aus dem Kopf.

Woche für Woche, Monat für Monat wurde ich eskortiert. So ging ein Jahr vorüber. Ein ganzes Jahr! Angst und Albträume jeden Tag. Weil Eichmann mich mit seinem Blut bespuckt hatte. War ich wach, fürchtete ich ihn, schlief ich, kam er im Traum.

Nach dem Jahr bin ich zu Merhavi gegangen und habe gesagt: Genug jetzt, Chef. Lassen Sie mich wieder alleine gehen. Ich muss das überwinden. Er hat zugestimmt.

Zuerst war es leicht. Kein Problem im Erdgeschoss, keins im ersten Stock. Ich fühlte mich gut. Als ich auf der Treppe zum zweiten Stock war, ihr wisst schon, wo Eichmanns Appartement lag – ich war noch nicht ganz oben, da höre ich seine Stimme.

Eichmanns?

Ja! Ganz deutlich.

Wie ging das denn?

Irgendwie – er war da, Ben. Ich stand auf der Treppe und hörte ihn. Trotzdem bin ich weitergegangen, langsam, weil mir die Knie weich wurden. Ich gehe durch den Flur. Nichts mehr zu hören. Ich komme an die erste Tür, hole das Schlüsselbund aus der Tasche. Die Hände haben mir gezittert, den Schlüssel bekam ich kaum ins Schloss. Ich schließe die Tür auf. Alles still. Ich schließe die zweite Tür auf, bin im Vorraum. Ein paar Schritte noch bis zu seiner Zellentür. Die Klappe in der Tür war geöffnet. Ich mache einen Schritt, meine Beine wollen umkehren. Ich mache noch einen Schritt. Weiter kann ich nicht. Ich stelle mich auf die Zehenspitzen. Das Licht aus dem Vorraum fiel durch die Türklappe in seine Zelle, ein schimmerndes Rechteck, schräg vor seinem Bett.

Und da stand er. Sah mich an, so, von der Seite.

Mir wurde schwindlig, ich verlor das Schlüsselbund, fand irgendwie hinaus, rannte durch den Flur. Als ich an der Treppe war, rief er mir nach, gracias, gracias, und dann – im Krankenzimmer bin ich wieder aufgewacht. Ich war die Stufen hinuntergestürzt, hatte mir das Bein gebrochen und eine Platzwunde am Kopf. Merhavi wollte wissen, wie das passieren konnte, ich erzählte ihm alles. Du hast deinen Schatten gesehen, Shalom, sagte er.

Sicher fühlt Nagar sich nur bei seinem Stall. Bei seinen Schafen, seinen Hühnern und Gänsen, den Tieren, die er füttert und pflegt, die er tötet. Hierher kommt Eichmann nicht, sagt er. Warum nicht?, fragt Ben, der bereit ist, die Stichwörter zu liefern, die Nagar braucht, um seine Fäden zu spinnen. Warum nicht?

Er kann kein Blut sehen, Ben. Wenn der Arzt ihm im Gefängnis Blut abnehmen wollte, legte Eichmann sich hin, sonst wäre er umgekippt. Und als er einmal einen Stierkampf besucht hat, ist er ohnmächtig geworden. Seinen Chefs war das egal, die schickten ihn in den Osten, er sollte berichten über – wie da die Juden umgebracht wurden. Erschossen wurden sie. Nackt in Gräben getrieben, dann haben die Deutschen hineingeschossen. Eichmann konnte das nicht sehen, er hat weggeschaut und gewartet, bis die Gräben zugeschüttet waren. Bei einer der Schießereien ist Blut auf seinen schwarzen Ledermantel gespritzt, er hat ihn sofort ausgezogen, obwohl es eiskalt war. Das hat ihm aber nicht geholfen. Als sie zurückgefahren sind, kamen sie wieder an den Gräben vorbei. Die waren zugeschüttet, also dachte Eichmann, er kann hinschauen. Und dann ist ein Blutstrahl hochgeschossen, direkt neben seinem Mercedes!

Hochgeschossen? Wieso das denn?

Ich weiß nicht, ich war nicht dabei, Eichmann hat es auch nicht erklärt. Zu viele Leichen vielleicht, alle übereinander, sie haben gedrückt, und dann ist ihr Blut herausgespritzt, in einem einzigen Strahl –

Auf Eichmanns Mercedes?

Oder daneben. Eichmann ist schlecht geworden, der Fahrer wollte anhalten, aber das ging ja nicht, wegen des Bluts. Sie

mussten durch. Ich war bedient, ich war fertig, hat Eichmann gesagt. Ich war irgendwie, wie wenn man mich angeschlagen hätte. Ich verfüge nicht über die Robustizität des Gefühls.
Die was?
Robustizität. Solche Worte hat er verwendet.
Hat er das im Prozess gesagt?
Nein, zu mir.
Woher weißt du denn, was er gesagt hat? Du kannst doch kein Deutsch.
Er hat es auf Spanisch gesagt.
Spanisch kannst du doch auch nicht.
Er dachte aber, dass ich es kann, weil ich Jemenit bin, also Sepharde, und die Sepharden kommen aus Spanien. So hat er sich das zusammengereimt.

So reimt Nagar sich das zusammen. Ich war müde, als Ben mich nach Hause brachte. Müde und von seltsamem Fieber gepackt. Eichmann, Eichmann. Eichmann war zurück.
Ein paar Tage später schob Ben mich erneut auf das Gelände, auf den Rastplatz. Nagar war nicht da. Ben kochte Tee, drei Becher, holte drei Birnen aus seiner Jackentasche. Nagar kam nicht.
Ein Gewitter zog auf, Blitze schlugen irgendwo ein, prasselnder Regen folgte. Überall bildeten sich Pfützen und Rinnsale, auch da, wo wir saßen. Ben stand auf und hielt Ausschau nach Nagar, vergeblich zunächst, dann aber entdeckte er ihn, sah ihn unter dem Vordach seines Schafstalls stehen, wo es leidlich trocken geblieben war. Ben gab mir ein Zeichen, fasste den Rollstuhl und schob los, im Laufschritt.

An manchen Stellen versperrten große Pfützen den Weg, anderswo war der Boden so aufgeweicht, dass die Räder versanken. Ben musste kurven, drücken, ziehen, trotzdem behielt er das Tempo bei. Der Rollstuhl schlingerte und kippte, aber mir gefiel die wilde Fahrt, sie war der Preis, dachte ich, den wir zu zahlen hatten, um in Nagars inneren Bezirk zu kommen. Ich klammerte mich an die Armlehnen und trieb Ben an, dirigierte ihn durch Zurufe, als gälte es, ein Rennen zu gewinnen. Zwei alte Männer wie zwei kleine Jungen.

Als wir den Stall erreichten, lachend und durchnässt, trocknete Nagar sich gerade die Hände ab. An der Wand war ein Bettlaken aufgespannt, davor hing ein gerupftes Huhn am Strick.

Ben, immer noch übermütiger Laune, betrachtete das Ganze ein Weilchen mit schief gelegtem Kopf, versetzte dem Huhn dann einen kleinen Stoß, dass es wie ein Pendel vor dem Laken schwang; hellrote Flüssigkeit tropfte aus seinem aufgeschlitzten Bauch.

Für solche Späße war Nagar nicht zu haben. Mit unmissverständlichem Vorwurf griff er nach dem Huhn, hielt es fest. Feierlich klang, was er dazu sagte, seine Stimme, die er sonst nach Belieben raunen, klagen, krähen, feixen ließ, sammelte sich in einer dunkleren Lage. Eine Frau aus der Nachbarschaft ist krank, Ben. Sie isst nicht, spricht nicht, keiner weiß, was sie hat, die Ärzte können ihr nicht helfen. Jetzt hoffen sie auf mich. Ich habe schon viele geheilt. Die Leute sagen: Du hast die Gabe, Shalom. Ich weiß nicht, was ich habe. Ich nehme ein Huhn, packe es in ein Laken, ich schwenke es über dem Kopf der Kranken, ich bete, sie werden gesund. Was ist dabei? Was mache ich? Das Huhn bereite ich vor, nicht mehr, nicht weniger. Ganz ausgeblutet muss es sein, darauf kommt es an. Im Blut sitzt die Seele, die muss heraus, man darf sie nicht berühren. Alles Blut muss heraus aus dem Huhn. Das macht Shalom, dadurch heilt er. Weder die Sätze noch ihr Ton verfehlten die Wirkung; Ben schwieg beschämt, und Nagar selbst schien ergriffen von der Größe, der Außerordentlichkeit, die die Leute ihm zusprechen. Staunend stand er mit ihnen vor dem Heiler, der Shalom Nagar sein soll.

Der Regen fiel langsamer, aber die Tropfen waren schwer geworden, schlugen auf dem Platz ein, trafen das Wellblechdach des Stalls wie Geschosse. Dichte, dunkle Wolken ringsherum, nirgendwo ein heller Streifen. Ben prüfte den Himmel, Nagar stellte sich neben ihn, die Hände vor dem Bauch verschränkt.
In Deutschland regnet es immer.
Unsinn, Shalom. Wie kommst du denn darauf?
Als die Römer Deutschland erobern wollten, sind sie im Schlamm steckengeblieben. Und die Deutschen, wie hießen die damals –
Germanen?
Die Germanen haben das ausgenutzt. Sie sind aus den Wäldern gekommen und haben die Römer niedergemacht. Jeder Germane hatte eine Waffe, Männer, Frauen, Kinder, Alte, alle. Der Germane muss den Speer auf Armeslänge haben, so hieß das. Eine Frage der Ehre. Das war ihre Sache: Ehre! Sie sind böse, die Deutschen. Eichmann –
Was hat der damit zu tun?

Warte. Eichmann hat das als Befehl betrachtet. Immer eine Waffe zur Hand haben! Der Germanenbefehl. Eichmann hat natürlich gehorcht. Immer eine Pistole getragen.

Auch im Bett?

Er hatte eine im Nachttisch. Und in seinen Schreibtisch waren Geheimschubladen eingebaut, in denen er geladene Pistolen aufbewahrte. Aber die Vorstellung, damit schießen zu müssen, erschreckte ihn. Deshalb hat er seine Waffen ständig weggeschenkt. Sein Adjutant bekam eine, sein Fahrer, sogar Besuchern hat er seine Pistolen aufgedrängt. Hier, nehmen Sie, meine Pistole, bitte schön. Zu Befehl, Obersturmbannführer! Jawohl! Aber für jede, die er verschenkte, haben seine Leute ihm zwei neue gebracht. Und in seinem Mercedes war ein Waffenschrank, mit allem, was du dir vorstellen kannst, Pistolen, Handgranaten, Maschinengewehr –

Aber geschossen hat er nicht?

Nie! Er hatte Angst davor. Keinen einzigen Schuss hat er abgegeben in seinem Leben. Er konnte das nicht. Er kann kein Blut sehen, er kann nicht auf jemanden schießen.

Das glaube ich nicht. Er war im Krieg, er muss doch geschossen haben.

Im Büro war er! Er kümmerte sich um die Transporte, steckte Juden in Züge. Züge, Schienen, Fahrpläne – das ist Eichmann, Ben. Schießen konnte er nicht. Später hat er sich darüber beklagt, ich durfte nicht Soldat sein, man hat mir kein Kommando gegeben, sie haben mich nicht an die Front gelassen, aber insgeheim war er froh. Er hatte Angst. Das verstehe ich nicht.

Was verstehst du nicht?

Wie kann einer Angst haben, der böse ist?
Da musst du Moshe fragen, Shalom. Der denkt über solche Sachen nach, ich nicht.
Nagar drehte sich um und betrachtete mich. Er zögerte. Bislang hatte er immer nur mit Ben gesprochen oder zwischen Ben und mir hindurch erzählt, als stünde ein anderes, größeres Publikum hinter uns. An mich hatte er das Wort noch nie gerichtet. Aus Scheu vielleicht, vielleicht aus Vorsicht. Ben war ihm vertraut, Ben gab die Stichworte, Ben ließ ihn fabulieren und seine Wege gehen. Aber Moshe, der Mann im Rollstuhl, der schweigend zuhörte, nie zu erkennen gab, was er von Nagars Geschichten hielt? Nagar wusste nichts über mich, konnte nicht ahnen, dass ich, auf andere Weise, Eichmann so nahe war wie er. Oder ahnte er es doch und überging mich deshalb? Spürte er, dass meine Gedanken Notizen zu seinen Erzählungen waren, kritische Vermerke, Korrekturen, Abschweifungen, Ergänzungen? Mancher Nagar-Satz öffnete ein ganzes Register in meinem Kopf. Im Büro war er! Wusste Nagar, dass Eichmanns Büro zunächst in nichts als einer Aktentasche bestanden hatte? Der Nachrichtenmann muss beweglich sein, überall auftauchen können. Und Eichmann war Nachrichtenmann gewesen, als er anfing, Sammler von Nachrichten über Juden, die er sich bei Juden besorgte. Einen Schreibtisch, vor den er sie zitieren konnte, besaß er noch nicht, daher traf er sich mit ihnen in Treppenhäusern, man redete treppauf, treppab, Eichmann hörte zu, Eichmann stellte die richtigen Fragen, Eichmann ließ sich belehren, Eichmann schrieb mit, schrieb sich hoch zum sogenannten Fachmann für Judenfragen. Der bekam ein Büro, und das kannte ich so gut, als sei ich dort ein- und

aus gegangen, als hätte ich Tag für Tag die lange Diagonale durchmessen, die seinen Schreibtisch von der Tür trennte, diesen unsinnig großen, schwarzen Tisch, hinter dem er lehnte, im Schatten, während seinen Besucher das Licht der Leselampe traf. An diesem Tisch schrieb er Transportbefehle, steckte Juden in Züge, hundert, tausend, hunderttausend mit einem Federstrich. Ein Mal aber, war es das einzige Mal?, schickte er einen in die Freiheit, in ein neues Leben. Brüllte ihn nicht nieder, sondern gab ihm die Hand. Nannte ihn nicht Hund oder Sack, sondern Kamerad. Auch das war böse. Der Engel kann stürzen, der Teufel nicht steigen. Für Eichmann gab es kein Zurück.

Nagar hatte sich unterdessen neben mich gestellt, immer noch schweigend. Er beugte sich vor, musterte ausgiebig mein Gesicht, als suchte er nach Spuren von Wörtern oder Sätzen, die nur in der Miene zu lesen wären, nicht zu hören. Wie kann einer Angst haben, der böse ist? Die Antwort? Ich hatte keine.

Nagar ließ von mir ab, zwinkerte Ben zu und schüttelte mit gespielter Enttäuschung den Kopf: Moshe sagt nichts.

Moshe ist müde, Shalom. Wir gehen jetzt, ob es regnet oder nicht. Du solltest dich auch auf den Weg machen. Ben zeigte auf das Huhn, das still an seinem Strick hing, weißes Fleisch vor einem weißen Laken: Deine Nachbarin wartet.

Ihr ganzes Leben wartet sie schon, Ben. Sie ist eine einsame Frau. Alle sind tot, der Mann, die Söhne, und sie wartet. Ich gehe zu ihr.

Nagar holte das Huhn vom Nagel, löste den Strick. Halte du das Laken, Ben, aber pass auf. Nicht über den Boden schleifen lassen. Es muss sauber sein, ohne den geringsten Fleck.

Ben hielt das Laken, Nagar legte das Huhn hinein und band das Ganze mit dem Strick zum Bündel.
Ich will euch eine Geschichte erzählen.
Wir gehen jetzt, Shalom. Moshe muss nach Hause.
Es regnet viel zu stark. Ich erzähle euch noch eine Geschichte.
Aber nicht zu lang.
Nein, nein. Eine kurze Geschichte. Was sagst du, Moshe? Eine kurze Geschichte noch?
Ich hob die Hand, abwehrend, er missverstand die Geste oder wollte sie missverstehen.
Bei uns in Ramlah, im Gefängnis, mussten die Gefangenen ihre Zellen selbst reinigen. Sie bekamen dafür einen Eimer und einen Lappen. Die meisten haben die Sachen nie angerührt, Schmutz war ihnen egal. Aber als Eichmann nach Ramlah kam, hat er als erstes gesagt, dass er zwei Lappen braucht: einen zum Nasswischen, einen zum Trockenwischen. Und ich bitte darum, hat er gesagt, dass die Lappen einmal in der Woche ausgetauscht werden. Er war so sauber! Jeden Tag hat er den Zellenboden gewischt, von Wand zu Wand, von Ecke zu Ecke. In den Fliesen konnte man sich spiegeln. Jeden Morgen hat er sein Bett gemacht, die Decken ausgeschüttelt, gefaltet und aufeinander gelegt. Einmal in der Woche hat er die Matratze ausgeklopft und gewendet. Zweimal in der Woche, immer am selben Tag, hat er seine Wäsche gewaschen, die Hemden zuerst, dann die Socken, die Unterhemden, zuletzt die Unterhosen. Zum Trocknen hat er alles über das Fenstergitter im Waschraum gehängt, auch nach einer Ordnung. Bevor er sich an den Tisch gesetzt hat, um zu schreiben oder zu lesen, hat er Tischplatte und Stuhl mit seinem Taschentuch abgewischt.

Er war eben ein Pedant.

Er ist ein Deutscher, Ben! Die Deutschen sind so. Schmutz – das kommt nicht von ihnen. Das wollen sie weghaben. Was nicht von ihnen kommt, soll nicht da sein. Weg, weg. Weit weg! Eichmann hatte dieses Projekt, wie hieß das – Deportation?

Nein, nein. Vorher. Nisko! Das Nisko-Projekt. Das war ein Ort, irgendwo, ich weiß nicht, eine üble Gegend, ganz abgelegen. Die Juden waren ja Dreck für die Deutschen, also sollten sie dahin, wo es dreckig ist. Eichmann hat sich tausend Juden zusammengesucht, Maurer, Tischler, Zimmerleute, Mechaniker, und sie dahin transportiert. Als sie ankamen, hat er sie erst mal kilometerweit marschieren lassen. Dann hat er eine Ansprache gehalten. Ein Lager sollten sie bauen, Baracken aus Holz. Aber aufpassen, hat er gesagt, nicht das Wasser benutzen, das es hier gibt. In der Gegend ist Typhus und Cholera, die Brunnen sind alle verseucht. Ihr müsst neue Brunnen graben. Neues Wasser müsst ihr euch verschaffen um jeden Preis. Sonst – und dann hat er eine Pause gemacht und gelächelt: Sonst heißt es eben sterben. Er war böse. Deshalb war er so sauber. Alles musste rein sein. Sie denken, sie sind Heilige, die Deutschen. Weiße Menschen!

Er war nicht weiß, Shalom. Eher der dunkle Typ.

Ja, aber das Weiße liebte er. Im Krieg hatte er ein Verhältnis mit einer vornehmen Dame, die trug nur weiße Kleider und weiße Hüte. Nach dem Krieg hat er sich Hühner gehalten, eine weiße Rasse. Später hat er Angorakaninchen gezüchtet, jede Generation weißer als die vorherige. Und das war ihm noch nicht genug. Mein Kommandant hat mir ein Photo gezeigt, Eichmann in Argentinien, eine karge Land-

schaft, voller Staub und Geröll. Aber der Herr Eichmann trägt weißes Hemd und weiße Hose. Und sitzt auf einem weißen Pferd! Und dann –
Es reicht, Shalom.

Ein paar Monate ist das her, und noch immer besuchen wir Nagar auf dem Rastplatz, in seinem Stall. Ein- oder zweimal in der Woche holt Ben mich ab. Jedesmal, wenn er mich wieder nach Hause bringt, denke ich: Schluss. Schluss jetzt. Nagar, das ist klar, wird niemals aufhören. Solange wir ihn besuchen, solange wird er uns erzählen. Und wenn wir ihn nicht mehr besuchen, wird er andern erzählen.
Shalom Nagar ist das Fass, aus dem Adolf Eichmann läuft, tropft, sprudelt, unaufhörlich, unerschöpflich. Eichmann, Eichmann, Eichmann. Nagar lebt mit ihm, seit fünfzig Jahren. Er zieht Kreise um ihn. Er wiederholt sich, widerspricht sich, seine Geschichten haben Löcher, durch die man die Hand stecken kann. Doch das spielt keine Rolle. Darum geht es nicht. Es geht um Schutz. Nagar muss Blut vergießen, um Eichmanns Blut abzuwaschen, er muss von Eichmann erzählen, um Eichmanns Fluch zu übertönen. Blut gegen Blut, Wort gegen Wort, so übersteht er die Nacht des 31. Mai 1962, die für ihn niemals endet.
Und dadurch beunruhigt er mich, fasziniert er mich, fordert er mich heraus. Dass Nagar von Eichmann erzählt, wie er von ihm erzählt, empfinde ich als Vorwurf. Was habe ich getan stattdessen? Ein weißes Laken habe ich vor Eichmann gespannt. Rein bin ich geworden, heilig beinahe! Welche Lüge. Auch dass ich Eichmann vergessen hätte, ist eine Lüge. Ich verschweige ihn, das ist die Wahrheit.
Seit ich nicht mehr Geige spielen kann wie mein Vater, wie Eichmann, komponiere ich. Schreibe Noten, in denen ich Eichmann nicht sehe, schlage Takte, die von ihm ablenken, forme Klänge, die in nichts dem gleichen, was ich im Gerichtssaal hören musste, hundert oder wie viele Stunden

lang, während ich Eichmann anschaute, das Zucken seines linken Mundwinkels beobachtete und die Haltung registrierte, mit der er aufstand, um seinem Ankläger zu antworten oder einem der Richter.
Und dann kommt da dieser kleine Alte, verschränkt die Hände vor dem Bauch und erzählt.
Heute Morgen habe ich meine Zeitungsmappen aus dem Regal gezogen, Staub und Spinnweben von meinen Eichmann-Büchern gewischt. Ich werde schreiben. Über Eichmann werde ich schreiben. Über Eichmann und Nagar, über den Prozess und alles andere. Den Galgen, den Strick, den Gefängnisdirektor, den Prediger, den Staatspräsidenten. Den Ofen. Wohin mich das führen wird, weiß ich nicht. Vielleicht begreife ich, was zu begreifen ist. Vielleicht nicht. Aber irgendetwas ist da, dem ich mich stellen muss. Es kommt näher, holt mich ein. Lärm, der meine Klänge zerschlägt. Keine Noten mehr.

Zwei.

In der Ferne ein Zug. Der Gefangene hebt den Kopf.

Für einen Moment mischt sein Herzschlag sich mit dem an- und abschwellenden Rauschen, in dem er nach und nach den treibenden Rhythmus erkennt, der ihm so vertraut ist, diesen stählernen Takt, den einmal er geschlagen hat.

Welche Fracht, fragt er sich. Opfer? Dann braucht er Zahlen, schließt die Augen, zählt die Waggons, es sind zu wenig, zu wenige waren es immer. Zu kurz war sein Leben für die fanatische Kunst des Transports.

Unwillig schüttelt er den Kopf, öffnet die Augen wieder, und jetzt fällt die Stille auf ihn, die erstickende Abgeschlossenheit seiner Zelle, die keine Fenster hat, umgeben ist von andern Räumen, mit Wächtern besetzt, und leeren Gängen, durch die man ihn führt, einmal am Tag, wenn er ins Freie darf. Auch dort nur Wächter, sonst sieht ihn niemand, niemanden sieht er, und was er hört, hat keinen Namen. Züge sind es nicht. Fahren denn Züge in diesem Land?

Der Gefangene, das ist Eichmann?
Ja.
Du schreibst über Eichmann?
Über Eichmann und dich, Shalom.
Warum?

Als er mich abholte, sah Ben, dass eine Schreibmaschine auf meinem Tisch steht.
Du tippst Noten? Keine Noten mehr, Ben. Ich schreibe. Du wirst Schriftsteller? Ich schreibe. Was schreibst du? Ich sagte es ihm. Du schreibst auf, was Shalom erzählt? Ich schreibe, was ich denke, während Nagar erzählt. Lass mich lesen, sagte Ben. Ich wollte nicht. Dann lies uns vor, sagte er. Wir gehen auf den Rastplatz, wie immer, und du liest vor, was du schreibst. Nein, Ben. Der Rastplatz gehört Nagar. Da erzählt er. Ich schreibe hier. Schriftsteller brauchen Publikum, behauptete Ben. Ich bin kein Schriftsteller, ich schreibe nur. Für dich allein?
Darauf hatte ich keine Antwort. Du schreibst über Shalom, sagte Ben. Er muss hören, was du schreibst. Nagar muss erzählen, Ben. Zuhören kann er nicht. Er muss erzählen. Von Eichmann, seinem Eichmann. Der Eichmann auf dem Rastplatz gehört ihm.
Er erzählt, du liest vor, Moshe, sagte Ben. Zwei Stimmen, warum nicht.
Am Ende steckte ich meine Papiere in die Tasche, die paar Seiten, die ich geschrieben hatte, und Ben schob mich zum Rastplatz. Er kochte Tee, wie immer, und teilte wie immer die Birnen. Wir tranken, wir aßen, Nagar kam nicht. Irgendwann wurden die Hühner laut, es klang, als beklagten

sie sich. Ben stand auf, hielt Ausschau. Er kommt, sagte er. Wenig später sah ich ihn auch. Heute trug er nicht seinen schwarzen Koffer in der Hand, sondern ein weißes Bündel, sang aber wie immer, während er den Platz überquerte. Was er sang, verstand ich nicht, Worte einer mir fremden Sprache, die Melodie war heiter, stieg und fiel in sanften Schwüngen. Ein Loblied vielleicht, das dem Tag galt und dem vollbrachten Werk. Wie immer ging der Gesang in Summen über, als er uns erreichte. Das Bündel schob er auf den Tisch, zwischen die Becher und die Birnen, ließ sich auf seinen Stuhl fallen, betrachtete seine Handflächen, rieb sie aneinander.

Feuchte Federn haben sie, meine Hennen.

Es hat geregnet in den letzten Tagen, Shalom.

Der Regen macht das nicht, Ben. Es kommt von innen, sie sind unruhig. Man muss aufpassen. Ich will euch eine Geschichte erzählen. Eichmann bekam jeden Morgen dasselbe zu essen, zwei Scheiben Brot –

Moshe hat geschrieben, Shalom. Er möchte uns vorlesen.

Ich will euch die Geschichte erzählen. Du weißt doch, ich erzähle richtige Geschichten, etwas, das wirklich passiert ist.

Lass uns hören, was Moshe geschrieben hat.

Nagar stand abrupt auf. Aber er zog nur die Jacke aus und hängte sie über einen Nagel. Dann setzte er sich wieder, saß da, im weißen Hemd vor seinem weißen Bündel, musterte meine weißen Blätter. Schwieg. Ich nahm das erste Blatt, begann zu lesen.

In der Ferne ein Zug. Der Gefangene hebt den Kopf.

Nagar rückte auf seinem Stuhl nach vorn, während ich las, streckte den Rücken durch, reckte das Kinn – so hat er, dachte ich, in Eichmanns Zelle gesessen, auf seinem Stuhl neben der Tür. Als ich nach dem zweiten Blatt greifen wollte, unterbrach er mich.
Der Gefangene, das ist Eichmann?
Ja.
Du schreibst über Eichmann?
Über Eichmann und dich, Shalom.
Warum?
Ich will wissen, wie es war.
Ich erzähle euch, wie es war, Moshe! Immer wieder erzähle ich euch!
Andere erzählen auch.

Andere? Das Wort hallt wie eine Drohung über den Platz. Nagars Augen werden schmal, er ist enttäuscht, wütend enttäuscht. Zwei Stimmen? Hier gibt es nur Raum für eine. Ich habe das Gesetz des Rastplatzes verletzt, Nagars Gesetz, verfluche mich, verfluche Ben, der mich überredet hat. Jetzt geht er, denke ich.
Aber Nagar ging nicht. Der Wächter geht nicht. Er sitzt, er hält stand.
Wenn du über Eichmann schreibst, warum nennst du ihn: der Gefangene? Viele waren Gefangene in Ramlah, aber Eichmann war Eichmann. Du musst Eichmann sagen! In der Ferne ein Zug. Eichmann hebt den Kopf.
Ich sage: der Gefangene, Shalom. Später sage ich: der Angeklagte, der Verurteilte.
Warum? Du traust dich nicht, den Namen zu sagen?

Wenn ich Eichmann sage, brauche ich nicht mehr zu schreiben. Jeder hat von ihm gehört, jeder weiß, wie er aussah, alle haben einen Eichmann im Sinn, sie haben das erledigt für sich, ein innerer Bescheid ist ergangen, den ziehen sie heraus, wenn der Name fällt. Ich will das nicht.
Was willst du dann?
Ich will Eichmann, als wäre er –
Der erste Mensch? Adam?
Wenn Adam für irgendeinen, für jeden Menschen steht, ja. Wir erben den Apfel, nicht die Sünde.
Aber Opfer, warum sagst du: Opfer? An Juden denkt er, der Deutsche. Juden hat er transportiert! Uns, die Juden, will er vernichten. Du musst Juden sagen, Moshe.
Das kann ich nicht, Shalom. Es wäre nicht richtig.
Warum nicht? Wir sind Juden!
Und deshalb wäre es nicht richtig. Ich kann nicht Juden sagen, wenn ich über Eichmann schreibe. Als Jude stehe ich vor Gott, nicht vor den Nazis. Ihr sollt mir sein ein Reich von Priestern, so ist es gesagt. Das heißt, wir Juden stehen vor Gott, der den Bund mit uns geschlossen hat, Tag für Tag, Stunde für Stunde, wir sind treu, wir sind gehorsam, wir halten seine Gesetze. Sage ich Jude, wenn ich von der Vernichtung spreche, stelle ich alles, was uns ausmacht, vor die Nazis. Sage ich Opfer, halte ich uns, die wir vor Gott stehen, heraus. So war es doch auch im Prozess: Der Staatsanwalt hat Eichmann angeklagt im Namen der Opfer. Die Zeugen haben ausgesagt als Opfer. Juden wie wir, ausgesagt haben sie als Opfer. Verurteilt wurde er im Namen der Opfer.
Nein, Moshe. Es hieß: Verbrechen gegen das jüdische Volk. Es gibt kein Verbrechen gegen ein Volk, das einen Bund mit

Gott hat, Ben. Das Reich von Priestern kann nicht geschlagen werden von Menschen. Ihre Gesichter sind Gott zugekehrt! Kein Mensch kann sie schlagen. Werden sie geschlagen, sind sie Opfer. Verbrechen gegen das Volk der Opfer, hätte es heißen müssen. So schreibe ich auch.
Sie haben uns verfolgt, weil wir Juden sind.
Ja, aber das Jüdische dürfen wir ihnen nicht geben.
Sie haben es sich genommen!
Dann müssen wir es ihnen wieder wegnehmen! Als Juden haben sie uns nie gehabt. Nie haben sie einen einzigen Juden gehabt. Nie! Nicht einen einzigen! Nur Opfer. Opfer haben sie gehabt!

Sie verstehen nicht. Ben ist ratlos, Nagar aufgebracht, sticht mit dem gestreckten Finger in die Luft, zielt nach mir, spießt mich auf.
Juden!
Opfer!
Ich muss Opfer sagen, wie können sie das nicht verstehen?
Nagar fährt mit der flachen Hand über dieses Bündel, das auf dem Tisch liegt. Was ist das? Beschwörung? Heilt er mich? Sich? Uns Juden? Ich sehe meine Hände zittern, sie können die Blätter nicht mehr halten. Ein trockenes Rascheln, als sie zu Boden fallen.

Ben hat sich abgewendet, greift jetzt nach seinem Teebecher, presst ihn zwischen die Finger.
Es ist deine Sache, Moshe. Du schreibst, wir hören zu.
Kann ich interpretieren, wie ich will, diesen Ratschluss.
Ben fasst nach seiner Kippa, Nagar legt ihm die Hand auf

den Arm. Ben schiebt ihm eine Birnenhälfte hin, Nagar wehrt ab, greift hinter sich, sucht etwas in den Taschen seiner Jacke, irgendetwas, das er kaut und wieder ausspuckt.

Ich will euch eine Geschichte erzählen.
Auch die Hühner sind wieder zu hören. Moshes Text, nur ein Zwischenspiel. Kraftlos hier, vor diesen Ställen, diesem Schächter, diesem Heiler. Kaum begonnen, schon beendet. Die Ouvertüre als Finale. Warum habe ich mich überreden lassen.
Ich will euch eine Geschichte erzählen.
Erzähle du. Wir werden sie trennen, deinen Eichmann, meinen Eichmann. Aber der Tag wird kommen, Nagar, da treffen sie aufeinander. Einer wird hängen. Der andere? Warten wir ab. Erzähle du, ich schreibe weiter.

Ich will euch eine Geschichte erzählen.
Eichmann bekam jeden Morgen dasselbe zu essen, zwei Scheiben Brot, zwei Sorten Wurst, eine Tasse Kaffee. Ich habe das Tablett geholt, im Vorraum ein bisschen von allem probiert, einen Schluck Kaffee genommen, ein Stückchen Brot gegessen, einen Streifen von jeder Wurst. Dann bin ich mit dem Tablett in die Zelle gegangen. Eichmann hat strammgestanden, ich habe das Tablett auf den Tisch gestellt, er hat sich hingesetzt und angefangen zu essen. Wenn er fertig war, hat er sich geräuspert, ähem, ähem, sehr höflich, und ich habe das Tablett wieder weggebracht. Das lief wie am Schnürchen. Eines Morgens –
Shalom –

Nein, warte, Ben. Ich will euch die Geschichte erzählen. Eines Morgens habe ich einen Fehler gemacht. Ich war unruhig und mit den Gedanken woanders, weil unser Junge krank war. Er hatte tagelang hohes Fieber gehabt. Und so habe ich vergessen, Eichmanns Frühstück zu probieren. Ich stellte ihm das Tablett hin, setzte mich auf meinen Stuhl und dachte an unseren Jungen.
Eichmann fängt an zu essen. Irgendwann schaue ich hoch, er isst immer noch. Bedächtig und nach seiner Ordnung. Er braucht lange heute, denke ich. Und er aß so, irgendwie seltsam, die Zähne mahlten und er schluckte mehrmals bei jedem Bissen. Ich hatte ihn noch nie so essen sehen. Ich wusste nicht, genießt er das Brot oder schmeckt es ihm nicht? Ich betrachte ihn, schaue genau hin – und im selben Moment fällt mir ein, dass ich sein Essen nicht probiert habe!
Mir bricht der Schweiß aus, ich springe auf, er schiebt sich gerade das letzte Stück Brot in den Mund, sieht mich fragend an. Ich zeige auf den Teller, gestikuliere, so, er soll mir sagen, ob ihm schlecht ist. Erst versteht er nicht. Als er versteht, schüttelt er den Kopf, lächelt ein wenig, deutet auf seinen Teller, zeigt mir zwei Finger, nimmt sie wieder weg, zeigt mir sechs Finger. Das war es: Sie hatten ihm sechs Scheiben Brot gegeben statt zwei! Ich hatte nichts gemerkt. Und Eichmann hatte alle sechs Scheiben aufgegessen.
Was blieb mir übrig? Ich musste Meldung machen. Merhavi erteilte mir einen strengen Verweis, es war ja eine ernste Sache. Dann fing er an zu grübeln: Wenn Eichmann die sechs Scheiben gegessen hatte, vielleicht war die Portion bisher

immer zu klein gewesen? Merhavi fragt den Direktor, der fragt den Gefängnisarzt, der sagt, man soll Eichmann fragen.
Und? Was hat Eichmann geantwortet?
Nein, nein, Herr Direktor, hat Eichmann gesagt. Zwei Scheiben sind völlig ausreichend. Aber wenn man mir sechs Scheiben gibt, muss ich sie ja essen.
Befehl ist Befehl.
Genau, Ben.
Hättet ihr ihm zwölf gegeben, er hätte zwölf gegessen.
Zwölf Scheiben, jawohl!

Nagar lacht, er ist zufrieden, versöhnlich gestimmt.
Seid ihr hungrig? Ich habe Hammelfleisch –
Nein, Shalom. Genug für heute. Moshe muss nach Hause.
Nagar nickt, drückt sich aus seinem Stuhl, sammelt die Papiere auf, die noch immer auf dem Boden liegen, säubert sie, faltet sie, steckt sie in meine Jackentasche.
Morgen liest du wieder, Moshe.

Fingerspuren sind auf den Blättern, als ich sie in meiner Wohnung, meinem Gehäuse, aus der Tasche ziehe. Ich wische sie ab, so gut ich kann. Morgen liest du wieder, Moshe?
Nein. Nein! Was ich schreibe, hören sie nicht mehr.

Der innere Wächter

Das Gefängnis ist ein Bau ohne Mitte, provisorisch und roh, zusammengefügt aus Quadern unterschiedlicher Länge und Höhe, Raum gewordenen Verbrechen, die jede Beziehung nach außen verweigern.
Zum Trakt des Gefangenen führt nur ein Weg. Geschosse sind zu wechseln, Höfe zu durchqueren, neun gesicherte Türen müssen passiert werden. Die letzte öffnet den inneren Bereich, eine Einheit von fünf Räumen.
An den ersten Vorraum schließt sich der Aufenthaltsbereich der Wächter. Vom zweiten aus ist die Zelle zu erreichen und das Besprechungszimmer, in dem der Gefangene, umgeben von Wächtern, hinter einer schweren Glasscheibe seinem Anwalt gegenübersitzt, später auch einem Pfarrer und, ein einziges Mal, seiner Ehefrau.
Die Zelle des Gefangenen misst drei mal vier Meter. Weiß gekalkte Wände, der Boden dunkel gefliest, von der weißen Decke hängt eine Glühbirne. An der Wand der Tür gegenüber stehen ein Bett, ein Tisch, ein Stuhl. Das Bett ist eine Pritsche mit dünner Matratze und vier Wolldecken, die der Gefangene als Betttuch, Laken und Kopfkissen benutzt. Schläft er, stehen seine karierten Filzhausschuhe akkurat ausgerichtet vor dem Bett, immer auf derselben

Fliese, deren Fläche ihre Sohlen exakt bedecken. Auf dem einfachen Holztisch liegt ein Stapel Bücher, aus denen Zettel ragen. Am Tisch, mit dem Rücken zur Wand, ein Stuhl aus Stahlrohr. Ein weiterer Stuhl steht neben der Tür. Auf diesem Stuhl sitzt der erste Wächter; er beobachtet den Gefangenen. Vor der Zellentür sitzt auf einem erhöhten Stuhl der zweite Wächter; er beobachtet durch die geöffnete Türklappe den ersten Wächter und den Gefangenen. Ein paar Meter entfernt sitzt der dritte Wächter, der den zweiten Wächter beobachtet.
Die Wächter arbeiten in Schichten, vierundzwanzig Stunden Dienst, achtundvierzig Stunden frei. An den Diensttagen sitzen sie drei Stunden, dann werden sie für drei Stunden abgelöst, um anschließend wiederum drei Stunden auf dem ihnen zugewiesenen Stuhl zu verbringen.
In seiner Schicht übernimmt Shalom Nagar die Aufgabe des ersten Wächters. Vier mal drei Stunden sitzt er in der Zelle, dem Gefangenen gegenüber.

Nagar ist fünfundzwanzig Jahre alt, kurzgewachsen und korpulent. Das breite, glatte Gesicht ziert ein Schnurrbart, der dem Errol Flynns ähnelt und deshalb nicht passt. Bevor man ihn in den Gefängnisdienst versetzt hat, diente Nagar bei den Grenztruppen, entschärfte Minen als Pionier. Hin und wieder erzählt er auch, er sei Fallschirmjäger gewesen, was die Kollegen jedesmal mit einem Grinsen kommentieren. Für die Wachmannschaft in diesem Trakt hat man ihn ausgewählt, weil er kein Opfer ist, nichts weiß von der Vernichtung und keine der beiden Sprachen spricht, die der Gefangene beherrscht, Deutsch und Spanisch. Dennoch bedankt der Gefangene sich auf Spanisch bei Nagar, wenn der ihm eine seiner seltenen Bitten erfüllt, und Nagar lernt, die paar Worte zu verstehen. Ansonsten verständigen sie sich mit Zeichen. Keiner der Wächter trägt eine Waffe, keiner hat den Schlüssel zur Tür des Raumes, in dem er sitzt. Betritt ein Wächter einen der Räume, verriegelt er die Tür hinter sich und reicht dem vor der Tür postierten Kollegen durch die vergitterte Klappe den Schlüssel. Jeder Wächter schließt sich ein. Der letzte, der innere Wächter – Nagar – schließt sich mit dem Gefangenen ein.

Schreibst du noch, Moshe?
Ja.
Sagst du jetzt Juden?
Nein.
Und Eichmann, sagst du Eichmann?
Nein.
Es ist seine Sache, Shalom. Moshe schreibt, wie er schreibt.
Ich sage ja nichts. Soll er schreiben.
Nagar sagt tatsächlich nichts mehr. Die Hände über dem Bauch verschränkt, schaut er zu Boden und schweigt. Dies-

mal bricht er selbst sein Gesetz, unterläuft die Bestimmung dieses Platzes. Gesetz ist, dass hier erzählt wird, Gesetz ist, dass Nagar hier erzählt. Von Anfang an hatte ich vermutet, Nagar habe dies Ensemble, das improvisiert war und roh wie sein Schafstall, selbst errichtet, zu genau diesem Zweck. Sich die kleine Bühne gezimmert, auf die er treten konnte, um zu tun, was er tun musste. Von Eichmann erzählen. Und nun schweigt er.

Ben schweigt ebenfalls. Irgendwie bindet Nagars Gesetz auch ihn. Nagar muss erzählen, damit Ben fragen kann. Direkt oder verknüpft mit einem Einwand. Warum, wie war das, du hast doch – wenn Nagar der Erzähler ist, ist Ben der Frager. Der Mann ohne eigene Geschichten. Kennengelernt hatten wir uns als junge Männer, im Kibbuz, dann aus den Augen verloren und wieder gefunden erst, als ich krank wurde. Meine Pflegerin war Bens Frau. Von ihr wusste ich, dass er als Maurer und später als Polizist gearbeitet hatte, dass er es im Haus nicht aushielt, am frühen Morgen schon nach draußen lief und abends erst zurückkehrte. Er selbst hat mir nie etwas von sich erzählt. Stattdessen hat er mich befragt. Schon seine Begrüßungen waren Fragen, und noch beim Abschied fragte er etwas. Derselbe Zwang, dachte ich. Wie Nagar erzählen muss, muss Ben fragen. Aber nicht, weil er etwas wissen will. Ben, glaube ich, fragt, damit es weitergeht und die Dinge für ihn ihre Ordnung haben. Andere sind die Uhr, er zieht sie auf, stellt hin und wieder auch die Zeiger. Fragen, fragen, weiter, weiter. Kann er nicht fragen, keine Geschichten in Bewegung halten, bewegt er sich selbst, so wie jetzt: Er steht auf, nimmt unsere Teebecher, obwohl sie noch halbvoll sind, geht zur Feuerstelle.

Nagar scharrt mit den Füßen, dreht die Daumen. Schweigt. Der Platz reagiert mit Erstarrung auf den Bruch seines Gesetzes. Nichts zu hören ringsum. Erst als ich meine Augen von dem schweigenden, scharrenden Nagar abwende, über das Gelände schaue, mein Blick die Geflügelställe kreuzt, deren Maschendraht wieder und wieder geflickt worden ist, löst sich der Bann. Jetzt höre ich das Geschnatter der Enten, in das sich Gänserufe mischen, einzelne zunächst, dann mehr und mehr, es wird Lärm, der anschwillt, eine zeternde Kulisse, in Staubwolken gehüllt. Dann beruhigen die Tiere sich wieder, wie auf Kommando. Ein Hund bellt, irgendwo. Ben kommt zurück, Tee dampft in den Bechern. Nagar hört auf zu scharren. Er probiert den Tee, der ist zu heiß.

Ich will euch eine Geschichte erzählen. Eichmann –

Was Eichmann?

Eichmann hat auch geschrieben!

Er war Schriftsteller, willst du sagen?

Er hat geschrieben, jeden Tag. Ich weiß nicht, was.

Er hat Deutsch geschrieben, Deutsch verstehst du nicht.

Er schreibt anders jetzt.

Wie, anders?

So, dass ich verstehe. Wenn er kommt – ihr wisst doch, wie das ist, wenn man hohes Fieber gehabt hat und wieder gesund wird. Alles fühlt sich anders an als vorher. Die Ohren hören anders, man greift die Dinge anders, die Füße fühlen den Boden anders. Einen anderen Boden. Vielleicht ist die Welt anders geworden? So geht mir das mit Eichmann. Er liest, und auf einmal verstehe ich. Er kommt, zieht seine Papiere aus der Hosentasche, hält sie sich vor die Augen, ihm fehlt ja die Brille, die ist in der Zelle geblieben damals –

seine Augen sind groß geworden, wisst ihr, sie sind herausgekommen – seine Augen lesen, und ich verstehe.
Eichmann liest dir nicht vor, Shalom. Mit dem Mund nicht, nicht mit den Augen. Eichmann ist tot.

Gang aufs Dach

Über die Gesundheit, die Unversehrtheit des Gefangenen wird gewacht: Er muss am Leben bleiben. Er soll sehen, hören, atmen, bis der Prozess beendet, das Urteil gesprochen ist. Er soll am Leben sein, wenn das Urteil vollstreckt wird.

Die Wächter haben strenge Anweisung, dem Gefangenen nichts zu geben oder zu lassen, womit er sich verletzen, womöglich töten könnte. Befürchtungen, die sein leidenschaftlicher Gehorsam ins Leere laufen lässt. Er weiß, was von ihm verlangt wird, und folgt. Man verfährt daher großzügig. Zwar sind die Gläser seiner Brillen durch Kunststoff ersetzt worden, zwar wird jede Heft- oder Büroklammer aus Schriftstücken entfernt, bevor man sie ihm gibt, und jede der zehn Zigaretten pro Tag, die ihm gestattet sind, entzündet einer der Wächter. Aber seine Armbanduhr lässt man ihm und versorgt ihn mit Schreibmaterial, Stiften aller Art, sorgsam gespitzt.

Regelmäßig untersucht ihn ein Arzt, seine Ernährung ist gut und jedes Essen, das ihm vorgesetzt wird, probiert zunächst Nagar. Man will sichergehen; auch hier im Gefängnis gibt es manchen, der Gründe hätte, den Gefangenen zu töten. An dem für ihn bestimmten Gift würde Nagar sterben.

Einmal am Tag darf der Gefangene sich Bewegung verschaffen, dazu führt man ihn auf das flache Dach des Gebäudes. Ist die Zeit gekommen, klopft Nagar an die Zellentür, der Kollege auf der andern Seite reicht den Schlüssel durch die Klappe. Nagar öffnet die Tür, der Gefangene erhebt sich und folgt. Zwei Wächter nehmen ihn in die Mitte, Nagar geht voran. Sie gehen durch den Vorraum und passieren die neun Türen, durchqueren den Innenhof, das Hauptgebäude, betreten das Treppenhaus, steigen Stockwerk um Stockwerk empor.
Meistens ist es still auf dem Weg nach oben, hin und wieder sind Rufe aus anderen Trakten zu hören, dann treiben die Wächter den Gefangenen an, bis sie das Gefängnisdach erreichen.
Auf dem Dach sind Trennwände angebracht, mit Säcken verspannte Gitter, die den Gefangenen allen Blicken entziehen. Mehrmals wechselt der an den Gittern entlangführende Gang die Richtung, bis er sich auf ein Rechteck öffnet, das die Wächter Sportplatz nennen. Auch diese Fläche ist ringsherum abgeschirmt. Vor einer der Wände steht ein Stuhl aus Stahlrohr, das Gegenstück zu den Stühlen in der Zelle.
Erwartet hatte man vielleicht, dass der Gefangene die Zeit für gymnastische Übungen nutzt, vielleicht hat man den Stuhl als Turngerät hingestellt, das ihm erlauben soll, sich zu dehnen, zu strecken, die vom Sitzen und

Liegen in der Zelle geschwundene Muskulatur zu erneuern, um gewappnet zu sein. Hier oben lassen die Wächter dem Gefangenen, den sie bis dahin zwischen sich gehalten haben, auch Platz. Er könnte tun, was er möchte.
Der Gefangene aber geht nur, mit abgemessenen Schritten, die Arme immer vor der Brust verschränkt, den Kopf immer gesenkt. So deutet er wohl den Befehl zum Hofgang, der für ihn ein Gang auf dem Dach ist. Oder schreckt ihn der plötzliche Freiraum, erschreckt ihn die Himmelshöhe, die sich auftut? Traut er dem Boden nicht?
Er atmet tief durch, dann beginnt er seinen Weg. Schreitet das Rechteck ab wie immer, Schritt für Schritt, als könnte er die Fläche dadurch vergrößern. Geht die Längsseite entlang, dreht sich um, geht den halben Weg zurück, quert die Fläche, dreht sich um, geht zum Ausgangspunkt zurück. Ein Muster, das keinen Sinn ergibt, ihm jedoch das einzig mögliche zu sein scheint. Nie hat er bisher sein Gleichmaß verloren.
Heute aber bleibt der Gefangene am Ende der Längswand stehen, er scheint zu lauschen, dann schaut er Nagars Kollegen an, der ebenfalls innehält, hebt den linken Arm, bewegt die Hand auf und ab, zeigt nach oben. Nagar und sein Kollege folgen dem Arm, der Hand, dem ausgestreckten Finger. Zu sehen ist nichts, obwohl der Gefangene nicht nur zeigt, sondern

auch erklärt, er redet drauflos, wie mit Freunden, aber es ist bloß ein Satz, den er sagt, wieder und wieder. Immer derselbe Satz, ein deutscher Satz.

Nagar sucht den Himmel ab. Keine Wolke, kein Vogel, kein Flugzeug, nur zweifelsfreies Blau, untrüglich wie ein Beweis. Ist es das? Vielleicht meint der Gefangene auch gar nichts am Himmel, vielleicht gibt er bloß eine Richtung an, deutet über die Trennwand hinaus. Von dort ist er gekommen, dort steht sein Haus, dort, irgendwo, war seine Welt?

Der Gefangene wiederholt den Satz noch einmal, dann verstummt er, verschränkt die Arme wieder vor der Brust, senkt aufs Neue den Kopf, setzt seine Gänge fort. Morgen wird sein Urteil verkündet.

Das Gericht

Am nächsten Tag fahren sie den Gefangenen in die Hauptstadt, der Ablauf ist längst Routine geworden und wie jede Gewohnheit erhebt er den Anspruch, nie zu enden. Keiner der Wächter wüsste zu sagen, wie oft sie die Strecke in den vergangenen Monaten zurückgelegt haben, fünfzig, sechzig Mal? Der Gefangene wird es wissen. Ihr Ziel ist der Beit Ha'am, ein neu errichtetes Kulturzentrum, das man provisorisch umgebaut hat. Räume sind eingerichtet worden für die Richter, die Gerichtsarchive, die Anklage, die Verteidigung, für Prozessbeobachter und Pressevertreter aus aller Welt. Als Gerichtssaal dient der für Konzerte und Aufführungen vorgesehene Raum.
Auch hier abgeschirmte Gänge. Nagars Kollegen nehmen den Gefangenen in die Mitte, Nagar selbst geht voraus. An der Tür zum Gerichtssaal bleiben sie stehen, warten, dass es beginnt. Im Saal –

Vorgestern hat Nagar plötzlich bestritten, mit Eichmann im Beit Ha'am gewesen zu sein. Dass er sich widerspricht, wundert mich nicht mehr, aber mit dieser Behauptung ging er mir, ging er auch Ben zu weit. Als finge er an, sich herauszuerzählen aus der Sache.
Ich weiß nicht, was Eichmann gesagt hat im Prozess.
Was soll das heißen, Shalom? Natürlich weißt du das. Jedes Wort, das er vor Gericht gesagt hat, wurde übersetzt.

Ich war nicht im Gerichtssaal, Ben.
Red keinen Tinnef, Shalom. Du hast uns selbst erzählt, wie Eichmann seine Stifte geordnet hat, wie er zu seinem Verteidiger schaute, bevor er die Kopfhörer aufsetzte –
Gehört habe ich das, Ben. Nicht gesehen. Die Kollegen haben mir davon erzählt. Ich bin Eichmanns Wächter geworden, nachdem sie ihn verurteilt hatten. Danach! Sie haben das Urteil verkündet, dann bin ich sein Wächter geworden. Im Gerichtssaal war ich nicht mit ihm. Das war ein anderer, der mir ähnlich sah. Sogar Merhavi hat uns manchmal verwechselt. Yoram, hat er gesagt, meinte aber mich, Shalom.
Du hast erzählt, es waren zweiundzwanzig Wächter in Ramlah, von Anfang bis Ende!
Waren es auch, Ben. Aber Yoram wurde ausgetauscht. Er war – man hat ihn entlassen. Ich weiß nicht, warum.
Und dann dich genommen, weil du ihm ähnlich sahst?
Es war ein Befehl, Ben. Was sollte ich machen.

Im Saal laufen bereits die Fernsehkameras der Capital Cities Broadcasting Corporation, hungrig nach Bildern wie an jedem Tag des Gerichts, zeigen den Raum in der Totale, schwenken ins Parterre, auf die Galerie, wo die Stühle noch leer sind. Die Öffentlichkeit wartet draußen, schon früh haben sich Menschenmengen vor den Portalen gebildet, mit ihnen stauen sich Trauer, Hass und das Verlangen nach Vergeltung. Die Menschen reden, diskutieren, fordern, lachen es sich von den Seelen.

Hier drin ist es still, eine Stille, die das Halbdunkel dunkler macht und die räumlichen Verhältnisse diffus. Alles rückt zusammen, der Platz des Täters, der Opfer, der Richter. Generalstaatsanwalt und Verteidiger sind schon da, nebeneinander ins Gespräch vertieft an der massiven Schranke, die Bühne und Zuschauerraum trennt. Ein Bild ohne Ton; noch sind die Mikrophone auf den Tischen ausgeschaltet. Unzufrieden schwenkt die Kamera, bis sie findet, was sie wohl gesucht hat: einen trapezförmigen Kasten, direkt an die linke Wand des Saals gebaut, vor eine Tür, die seine Rückseite bildet. Die übrigen Seiten bestehen aus halbhohen Holzwänden, auf die man eine weiße Rahmenkonstruktion montiert hat. Abgedeckt wird die Konstruktion von einer weißen Metallplatte. In die Rahmen der beiden vorderen Seiten sind schwere Glasscheiben eingesetzt, unzerbrechlich und kugelsicher. Der hintere, zu den drei hohen Stühlen der Richter zeigende Rahmen ist offen. Drei Stühle stehen auch in dem Kasten, zwei schlichte an der Rückwand, davor einer mit Armlehnen, unter ein schmales, vorne offenes Regal geschoben, das zwischen den Seitenwänden fixiert ist.
Die Fernsehkamera fängt den Kasten ein wie ein Stillleben. Eine Anordnung von Dingen, deren reduzierte Symbolik vielleicht gewollt,

vielleicht zufällig entstanden ist, als Folge praktischer Notwendigkeit und Improvisation. Hier soll jemand sichtbar gemacht, allen Blicken ausgesetzt und zugleich geschützt werden. Eine Loge und doch ein Schandpfahl, nicht das Zentrum des Saals und doch sein Fluchtpunkt. Die Zweideutigkeit spiegelt sich in der Unsicherheit der Benennung: Glaskasten, -kabine, -käfig? Der Gefangene sagt: meine Glaszelle, genannt Anklagebank.

Jetzt werden die Portale geöffnet. Galerie und Parterre füllen sich, halblautes, polyphones Murmeln dringt in den Raum. Die Männer und Frauen, Opfer, Angehörige von Opfern, Journalisten, Politiker, Schriftsteller, sind unruhig, vor Anspannung müde, beschäftigt mit sich selbst, ihren Geschichten, ihren Toten, dem, was sie in diesem Saal hören, sehen, begreifen wollen.

Und wie immer verpassen sie den Moment, in dem die Tür zum Glaskasten geöffnet und der Angeklagte hereingeführt wird. Sie sehen ihn erst, als er schon sitzt, unbewegt wie immer, die Unterarme auf das schmale Regal gelegt, das ihm als Tisch dient, eine Schreibmappe neben sich, Stifte vor sich, akkurat gerichtet wie seine Krawatte. Ein mittelgroßer Mann, Mitte fünfzig, dicke Brille, zurückweichender Haaransatz. Ein Beamtentyp, dessen unmerkliches Erscheinen stets aufs neue verblüfft. Es ist,

als unterliefe er die Zeit, als könnte man so konzentriert schauen, wie man wollte, und würde dennoch den Übergang nicht erkennen von dem leeren Glaskasten zu dem, den der Angeklagte besetzt. Vielleicht nutzen die Wächter aber auch nur den Schutz des Gemurmels, der Unruhe, der Ablenkung, um ihn in den Saal zu bringen. Sein Erscheinen soll kein Auftritt sein. Das hier ist kein Schauspiel.
Wie aus dem Horn gestoßen hört man drei Silben in aufsteigender Tonfolge. Der Gerichtsdiener hat den Beginn der Sitzung ausgerufen. Zu verstehen sind die Laute nicht, unter den Journalisten hat sich jedoch herumgesprochen, dass er Beit Mishpat ruft: Haus der Gerechtigkeit. Die drei Richter betreten den Saal, alle erheben sich, unter aller Augen steht auch der Angeklagte auf, schneidig und geschmeidig.

Nagar war nicht mit Eichmann im Gerichtssaal, darauf beharrt er. Der Mann, den die Kameras zeigen neben dem Glaskasten, ist ein anderer, einer, der ihm ähnlich sah, der dieselbe Statur, denselben verdutzten Blick hatte, denselben unpassenden Schnurrbart trug. Yoram, den sie danach entlassen haben. Der Nagar im Gerichtssaal war nicht Nagar. Gestern ist er noch einen Schritt weitergegangen: Eichmann war auch nicht Eichmann.

Ich will euch eine Geschichte erzählen. Wir Wächter arbeiteten in Doppelschichten. Vierundzwanzig Stunden Dienst, danach hatten wir achtundvierzig Stunden frei. Mein Dienst fing immer abends an, Merhavi hatte das so eingerichtet. Erst die Nacht mit Eichmann, dann den Tag mit Eichmann. Übergabe an den Kollegen der nächsten Schicht, Meldung machen beim Direktor. Anschließend packte ich meine Sachen und ging zur Bushaltestelle. Ich stand immer allein da, außer mir fuhr niemand um die Zeit. An diesem Abend aber –

An welchem Abend?

Von dem ich erzähle.

Von welchem erzählst du?

Du wirst schon hören, Ben. An dem Abend also steht da einer und dreht sich um, als ich näherkomme. Der trug so einen weiten Mantel, einen Hut mit breiter Krempe und eine dunkle Brille, Sonnenbrille, obwohl es Abend war.

Du erzählst Kino, Shalom.

Lass mich. Es ist passiert, wie ich erzähle. Ich war müde, wisst ihr, ich wollte nach Hause. Und dann steht da dieser Kerl, mit Sonnenbrille, obwohl es schon dunkel wurde. Die Hände hatte er in den Taschen seines Mantels vergraben. Es war unheimlich. Zuerst wollte ich kehrtmachen und zurück zum Gefängnis. Aber ich trug ja Uniform. Wer Uniform trägt, läuft nicht weg, das weißt du, Ben. Ich bleibe also stehen – da sagt der etwas zu mir. Erkennst du mich nicht, Salaam?, fragt er. Er sprach Jemenitisch! Und er wusste meinen Namen. Ich sehe genauer hin, dann erkenne ich ihn: ein alter Bekannter aus Sanaa. Als ich hierher kam, nach Israel, hatten wir eine Zeit lang zusammengewohnt. Wir umarmen uns, erzählen dies und das, er erzählt, dass er als Journalist arbeitet, ich erzähle, dass ich Polizist bin. Das

weiß ich, Salaam, sagt er. Ich weiß, du bewachst Eichmann. Ich habe auf dich gewartet, ich muss mit dir reden. Es ist wichtig, Salaam, sagt er.
Merhavi hatte uns Wächtern aber verboten, mit irgendjemandem über die Arbeit zu reden. Nicht einmal unseren Frauen durften wir etwas sagen. Ora wusste nicht, dass ich Eichmann bewache, bis – bis zu dem Tag. Aber mein alter Bekannter, der wusste Bescheid. Ich sagte, hör zu, ich darf mit niemandem darüber reden. Gut, Salaam, sagte er. Das verstehe ich. Also lass mich reden.
Ich wollte nichts hören. Ich schaute über die Straße, ob irgendwo Scheinwerfer zu sehen sind. Nichts. Der Bus kam nicht. Was konnte ich machen? Mein Freund redete, ich hörte zu.
Das alles ist ein großer Betrug, Salaam, sagte er. Was meinst du, habe ich gefragt, und er hat gesagt: der Prozess. Der Prozess ist ein großer Betrug. Der Mann im Glaskasten ist nicht Eichmann. Der spielt bloß Eichmann. Das Ganze ist Theater, ein Schauspiel für die Fernsehkameras, sagt er.
Ein Verrückter. Was erzählst du, Shalom.
Hör erst zu, Ben. Der Mann im Glaskasten ist nicht Adolf Eichmann, sagt er. Der richtige Eichmann arbeitet für den israelischen Geheimdienst. Sie brauchen ihn hier, er ist der Beste. Weißt du, dass er bei den Nazis Nachrichtenspezialist war, bevor er die Transporte organisierte, Salaam? Gestapo, weißt du, was das bedeutet? Geheime Staatspolizei, sagt er. Mossad, verstehst du? Und weil das niemand wissen darf –
Was wissen?
Dass Eichmann für unseren Geheimdienst arbeitet!
Tinnef!

Sagst du, Ben. Er sagte, das Ganze ist verwickelt. Die Einzelheiten kann er mir nicht erklären, aber er hat Beweise. Eichmann arbeitet für den Mossad, an höchster Stelle. Und weil das niemand herausfinden darf, haben sie beschlossen –

Wer?

Ich weiß nicht. Er hat nur gesagt: Sie haben beschlossen, Eichmann sterben zu lassen. Zum Schein natürlich. Sie denken sich eine ganz große Geschichte aus: Adolf Eichmann in Argentinien gekidnappt. Nach Israel gebracht. Verhört, vor Gericht gestellt, verurteilt. Der Nazi bezahlt für seine Schuld! In Wirklichkeit, Salaam, ist es umgekehrt: Sie bezahlen ihn. Sie geben ihm Geld, viel Geld, damit er ihnen alles beibringt, was er weiß. Er ist ihr Meister. Das darf niemand wissen. Deshalb der Prozess, sagte er. Ein Schauspiel! Das Drehbuch hat ihnen ein berühmter amerikanischer Schriftsteller geschrieben. Und du bewachst den Hauptdarsteller, Salaam, sagte er. Du und deine Kollegen, ihr bewacht einen Schauspieler. Der wirkliche Eichmann schaut zu. Wahrscheinlich lacht er darüber, dass der Darsteller des Staatsanwalts seine Rolle so überzieht, vielleicht ärgert er sich auch, weil sie solch einen trägen, unbegabten Kerl für die Rolle seines Verteidigers ausgesucht haben.

Tag für Tag sitzt du mit einem Schauspieler in der Zelle, Salaam, sagte er. Du probierst das Essen, das ein Schauspieler isst, du gehst mit einem Schauspieler auf die Toilette, einen Schauspieler begleitest du auf das Gefängnisdach. Glaubst du, der wirkliche Eichmann würde sich so unterwürfig benehmen? Glaubst du, der hätte sich so einfach kidnappen lassen?

Verrückt. Verrückt, Shalom!

Er kann beweisen, sagte er, dass Eichmann nach dem Krieg mit Koffern voller Gold verschwunden ist. In den Alpen haben sie ihn gesucht, dabei war er längst in Argentinien. Dort hat er sich eine weiße Villa bauen lassen, in einem Park, in dem Tag und Nacht Wachen mit Schäferhunden patrouillierten. Er war befreundet mit Präsident Perón, ist im Regierungspalast ein- und ausgegangen. Besucher aus der ganzen Welt hat er empfangen. Alle wollten etwas von ihm wissen, Salaam, sagte er.
Der Mossad hat Eichmann damals schon beobachtet, sie wussten Bescheid über jeden seiner Schritte. Und irgendwann fanden sie, dass er nicht mehr für Perón arbeiten sollte, sondern für sie. Sie verschafften sich Zutritt zu seinem Anwesen, lauerten ihm auf und machten ihm ein Angebot, das er nicht ablehnen konnte. Seither lebt er mit seiner Frau und seinen Söhnen hier in Israel. Aber niemand weiß, dass er Eichmann ist. Sie haben ihm einen neuen Namen und eine neue Identität verschafft. Du kennst ihn sogar, Salaam, sagte er. Aber es wäre zu gefährlich, dir zu verraten, wer es ist.
Ich wusste nicht, was ich denken sollte. Mein Freund redete auf mich ein, schnell und hektisch, rauchte dabei eine Zigarette nach der anderen. Ich war eingenebelt, mein Kopf funktionierte nicht mehr.
Ich sehe, du glaubst mir kein Wort, Salaam, sagte er. Das verstehe ich gut. Ich könnte dir Stück für Stück beweisen, was ich sage, aber ich habe keine Zeit, ich muss vorsichtig sein. Pass auf: Der wirkliche Eichmann hat sich bei einem Motorradunfall die rechte Hand zertrümmert, er ist mehrmals operiert worden, es hat Monate gedauert, bis er die

Hand wieder benutzen konnte. Während der Zeit gewöhnte er sich an, mit links zu schreiben. Später schrieb er wieder mit rechts, aber dann fiel er in seiner Dienststelle die Treppe herunter und brach sich die rechte Hand ein weiteres Mal. Seither schreibt er nur noch mit links. Und jetzt denk nach, Salaam: Mit welcher Hand schreibt der Mann, den du bewachst? Ich brauchte nicht nachzudenken: Mit rechts schreibt er, sagte ich. Siehst du, Salaam, sagte mein Freund, das haben sie übersehen. Und sie haben noch mehr Fehler gemacht. Um den endgültigen Beweis liefern zu können, muss ich aber mit dem Mann sprechen, den du bewachst. Tausend Dollar, wenn du einen Weg findest, mich in die Zelle zu schmuggeln. Überleg es dir, Salaam. Nach deiner nächsten Schicht werde ich hier wieder auf dich warten.

Und dann?

Er ist nicht gekommen, Ben. Ich habe nie mehr von ihm gehört.

Geglaubt hast du ihm aber nicht?

Was sollte ich glauben? Alle haben gesagt: Das ist Eichmann.

Das Urteil

Verbrechen gegen die Menschheit, Verbrechen gegen das Volk der Opfer, Kriegsverbrechen werden dem Angeklagten zur Last gelegt. Fünfzehn Punkte umfasst die Anklage, fünfzehn Stunden dauert die Verlesung des Urteils, bei der die drei Richter sich abwechseln. Aus dem Gewirr von Fakten und Rätseln, Deutungen und Zweideutigkeiten, Bestätigtem und Bezweifelbarem, das nach mehr als hundert Gerichtstagen auf den Tischen liegt, haben sie einen Strick zu drehen. Einen Strick, der die Last der Opfer hält und die des Rechts, einen Strick, an dem der Angeklagte sich aufhängen lässt.

Kaum einer im Saal zweifelt am Gelingen, kaum einer folgt jedem Schritt der Argumentation. Vielleicht ist der Angeklagte der einzige, der den Faden nie verliert. Konzentriert hört er zu, regungslos zumeist. Nur sein linker Mundwinkel zuckt hin und wieder, ein Tic, den man schon kennt. Gelegentlich strafft er sich auch, greift ruckartig nach einem der vor ihm liegenden Stifte, wirft ein paar Worte auf seinen Block, lehnt sich wieder zurück, beugt sich vor, legt den Stift weg, richtet ihn aus, parallel zu den andern.

Nagar, der neben dem Glaskasten sitzt, an der halboffenen Seite, beobachtet den Angeklagten,

wie er ihn in der Zelle beobachtet. Wenn er den Arm ausstreckte, könnte er ihn berühren, als einziger im Saal. Nicht nötig. Er fühlt diesen Mann auch so, gegen seinen Willen.
Die Zuschauer, die Staatsanwälte, die Richter mögen den Wechsel zwischen Unbewegtheit und fliegender Hast, der im Glaskasten zu sehen ist, als mühsam beherrschte Nervosität deuten, als abgeleiteten Fluchtreflex, Ventil wachsender Furcht - Nagar spürt einen Rhythmus darin, einen treibenden Takt, der mit jeder Wiederholung des Tics, jedem erneuten plötzlichen Vorbeugen, jedem Nach-dem-Stift-greifen deutlicher wird. Deutlicher und hörbar. Ein Lautmuster entsteht in Nagars Kopf, überlagert die Stimmen der Richter: das Rattern von Waggons auf Schienen. Der Angeklagte, glaubt Nagar, folgt dem Urteil wie einem Fahrplan, notiert die Abschnitte der Argumentation, als seien es Bahnstationen, die passiert werden, erkennt die gestellten Weichen, die Nebengleise, auf denen die Darstellung gelegentlich verharrt, bis sie auf die Hauptstrecke zurückkehrt und weiterdrängt, unaufhaltsam.
Der Mann kann nicht aus seiner Haut. Er bleibt der Fachmann, zu dem er sich erklärt hat, der Meister des Transports, auch wenn er diese Fahrt hier nicht bestellt, ihr Ziel nicht benannt hat, und es diesmal sein Schicksal ist, das auf dem Spiel steht.

Auf Gedeih und Verderb hat er sich an Züge
gekettet. Seit den Tagen des Kreuzverhörs
sind die mit Opfern gefüllten Waggons, die
fahrplanmäßig tausend, hunderttausend, Millionen
Menschen in den Tod transportiert haben, zu
seinem Symbol geworden.
In dem Reich, dessen Untergang sechzehn Jahre
zurückliegt, war der Angeklagte Leiter eines
Referats mit der Kennziffer IV B 4. Sachgebiet
Opfer- und Räumungsangelegenheiten. Räumung,
auch: Umsiedlung, Evakuierung, Abbeförderung,
meinte das Zertrennen einer Lebensgemeinschaft,
die Spaltung in Opfer und Täter. Die Opfer,
hieß es, müssten ausgeschieden werden aus dem
deutschen Volk, ein hygienischer Vorgang, den
der Angeklagte als politische Lösung bezeichnet.
Trennung im Raum, damit die Grenzen des Staats
mit denen eines Volks identisch würden. Zunächst
drängte man die Opfer, das Land zu verlassen,
dann transportierte man sie ab. Transport
bedeutet: das Verbringen von Personen oder
Gütern von A nach B unter Benutzung geeigneter
Verkehrsmittel. Das geeignete Verkehrsmittel zur
Verbringung der Opfer an die Bestimmungsorte
waren Züge. Organisation und Durchführung der
Transporte lag in den Händen des Angeklagten.
Unter dem länger werdenden Schatten des Krieges
fiel schließlich die Maske des Politischen.
Was als Trennung im Raum begonnen hatte,
verfinsterte sich zu einer Trennung im Sein,

der endgültigen, nie mehr aufzuhebenden Trennung. Das Reich transportierte seine Opfer in den Tod; ihre physische Vernichtung war befohlen. Gaskammern wurden an den Zielbahnhöfen errichtet, daneben Krematorien. Organisation und Durchführung der Transporte blieb in den Händen des Angeklagten.
Der Angeklagte –

Sie reden mir dazwischen. Ich schreibe, als sähen sie mir dabei zu, ich schreibe, als hätte ich mich vor ihnen zu rechtfertigen. Nagar gegenüber, dass ich noch immer Opfer sage, noch immer nicht Eichmann, dass ich immer noch Nagar sage, Nagar sei im Gerichtssaal gewesen, obwohl es doch ein anderer war, einer, der ihm ähnlich sah. Ben gegenüber, dass ich meinem Vorsatz untreu werde und einen Bericht verfasse, statt von Nagar und Eichmann zu schreiben.
Warum gibst du uns Geschichtsunterricht, Moshe? Eichmann, die Nazis, was sie waren, getan haben. Ich muss das nicht hören, es hat nichts zu tun mit Shalom.
Moshe verwechselt mich, Ben. Es ist ein anderer Nagar, der da sitzt, der zuhören muss im Saal, neben dem Glaskasten.
Du verstehst nicht, Shalom. Ich meine –
Ja, ja. Shalom versteht nicht. Aber ich, ich verstehe schon, Ben. Ich weiß, was du meinst, weiß, warum du fragst. Ich schreibe ja über Nagar und Eichmann. Ich lasse mich von Nagar führen, folge ihm, mit ihm sehe ich Eichmann, sehe Eichmann über seine Schulter, sehe Eichmann, wie ich ihn damals, im Gerichtssaal, nicht sehen konnte. Eichmann ist geworden; er benimmt sich, wie er sich benimmt, weil er

getan hat, was er getan hat. Kein Geschichtsunterricht, Ben. Nur ein Schritt zurück, um mehr zu sehen. Die Ordnung zu sehen. Die Unordnung der Dinge, zu der das alles gehört, zu der auch Nagar gehört.
Der Nagar in meinem Kopf protestiert: Ein anderer Nagar, Moshe, ein anderer; der Ben in meinem Kopf bleibt unzufrieden. Beide wollen mich nicht hören, Nagar wiegt sich in seinem Stuhl, er hat zu summen begonnen, Ben steht auf, wendet sich ab. Gegen diesen Unwillen schreibe ich, gegen dies Summen.

Gaskammern wurden an den Zielbahnhöfen errichtet, daneben Krematorien. Organisation und Durchführung der Transporte blieb in den Händen des Angeklagten.
Der Angeklagte bestreitet das nicht: Nachdem die eigentliche Aufgabe des IV B 4, die politische Lösung, gescheitert war, wurden wir selbstverständlich auch in der weiteren Phase der Endlösung eingeschaltet. Ich habe die Transporte befehlsgemäß durchführen müssen, und ich habe auch gewusst, dass ein Teil dieser Menschen in den Lagern getötet wird, das muss ich der Wahrheit gemäß bekennen. Ich habe aber mit der Tötung nichts zu tun gehabt. Mit der Ablieferung der Transporte an der Zielstation laut Fahrplankonferenz erloschen meine Zuständigkeiten.
Es muss ganz klar unterschieden werden zwischen Transport und Tötung, sagt er. Ich habe die

Transporte geliefert, aber ich habe keine Opfer getötet. Ich habe überhaupt nie einen Menschen getötet. IV B 4 war für Transporte eingeschaltet und in einigen Fällen bei der Erfassung, alles andere ging uns nichts an; unsere Arbeit war erledigt, wenn wir die Fahrpläne erstellt hatten. Wir hatten mit keinerlei Gräuel etwas zu tun, wir haben unsere Arbeit auf anständige Art und Weise bearbeitet.

Die Zuhörer, unter ihnen überlebende Opfer und zahllose Angehörige von Opfern, mussten diese Sätze ertragen, stundenlang. Jeder hier im Saal könnte sie zitieren, verstört, abgestoßen, angewidert von dem Fanatismus der Trennung, den der Angeklagte verkörpert. In seinem verschollenen Reich hat er Menschen getrennt, befehlsgemäß, gehorsam, jetzt zertrennt er das Verbrechen, schneidet einen Teil heraus, seinen Teil.

IV B 4 hatte die Zurverfügungstellung des Waggonmaterials zu besorgen und die Fahrplanerstellung. Punkt. Als sei es um Dinge gegangen, um Eisen und Stahl, Uhrzeiten und Strecken, nicht um Menschen. Tatsächlich vermeidet der Angeklagte dies Wort konsequent, spricht stattdessen von Kontingenten, gefahrenen Summen, getöteten Summen. Begriffe, lebenden Sprachen so entrückt, dass die Übersetzer sich bei ihrem Versuch, das Deutsch des Angeklagten ins Hebräische und Englische zu übertragen,

mit Umschreibungen helfen müssen, die die starrende Kälte seiner Ausdrucksweise mildern. Unerträglich bleibt sie dennoch.
Als würden die Opfer ein zweites Mal vernichtet.
In der Welt des Angeklagten kommen sie nur in Zügen vor, als Transportgut, als Zahlen, die sich addieren. Wirklich ist, wofür einer zuständig ist. IV B 4 war für Transporte zuständig; alles andere ging uns nichts an. Dass die Opfer aus ihren Wohnungen gezerrt, ihrer Habe beraubt, durch Städte getrieben wurden, ging ihn nichts an. Dass sie an den Zielstationen aus den Waggons geholt, ins Gas gezwungen, zu Asche verbrannt wurden, die der Wind den Weg zurücktrieb, ging ihn nichts an. Er sah Züge, nicht den Tod, hörte Waggons auf Schienen fahren, nicht die Schreie der Sterbenden. Die Grenzen seiner Zuständigkeit waren die Grenzen seiner Welt. Und die Grenzen seiner Welt sind, behauptet er, die Grenzen seiner Schuld.
Die Richter weisen diese Ausführungen zurück, unbeirrt und entschieden. Für sie sind das bürokratische Haarspaltereien, Schutzbehauptungen. Was ein Ganzes ist, sagen sie, kann man nicht trennen.

Wie meinst du: ein Ganzes? Der Ben in meinem Kopf ist nicht zu beruhigen.
Die Richter meinen die Opfervernichtung.

Der Nagar in meinem Kopf begehrt auf, stur, unbelehrbar: Das ist kein Wort, Opfervernichtung. Judenvernichtung musst du sagen.
Nein, Juden sage ich nicht.
Die Vernichtung – wer hat das gewollt?
Hitler.
Er hat gesagt: Vernichtet die Juden?
Ich glaube, ja. Aufgeschrieben wurde der Befehl nicht. Aber er stand in ihren Köpfen.
In Eichmanns Kopf.
Ja. Eichmann hat nicht transportiert, weil er so gern Züge rollen sah.
Wisst ihr, dass Eichmann nie mit dem Zug gefahren ist? Nie! Er hat immer sein Auto genommen, einen schwarzen Mercedes –
Wie hätte Eichmann denn mit dem Zug fahren können? Züge fuhren an die Front oder in die Lager, voller Soldaten, voller Opfer. Kein Waggon für Eichmann. Erzähl, was du willst, Nagar, aber nicht hier, an meinem Schreibtisch. Erzähl an deinem Platz, erzähl dann, wenn ich neben dir sitze. Jetzt schreibe ich, allein.
Einen schwarzen Mercedes! Ein schneller Wagen mit starken Scheinwerfern war das, die Sitze aus schwarzem Leder, alles schwarz. Eichmann ließ sich fahren. Er saß hinten, rechts von sich den Waffenschrank, und links hatte er eine Bar einbauen lassen, mit Schnapsflaschen und Rotwein. Der Fahrer fuhr, Eichmann trank. Pausen gab es nicht, immer schnell, schnell. Sie hatten so wenig Zeit, die Deutschen! Einmal, Eichmann war irgendwo gewesen, ich weiß nicht, wo, vielleicht da, wo er sein Projekt hatte –

In Nisko?
Nisko, ja.
Nein, Shalom. Nisko war vor dem Krieg, das weißt du doch.
In einem Lager! Er war in einem Lager gewesen, Ben. Inspizieren, ob die Öfen richtig brennen und alles schnell genug geht. Solche Sachen. Sie fuhren also zurück, spätnachts, waren den ganzen Tag auf den Beinen gewesen, und dann ist der Fahrer am Steuer eingeschlafen. Der Wagen schleuderte und kam von der Straße ab. Weiter passierte aber nichts. Trotzdem hat Eichmann den Fahrer aussteigen lassen und ihm befohlen, den Rest des Weges zu Fuß zu gehen. Es waren viele Kilometer –
Wie viele, hundert?
Hundert nicht. Aber es war Nacht, es war Winter, alles voll Schnee. Der Mann ist fast erfroren auf seinem Marsch. Eichmann war das egal. Später hat er den Fahrer dann entlassen, nicht, weil er eingeschlafen war, sondern weil er einen Toilettensitz gestohlen hatte, aus Eichmanns Gebäude. Abmontiert und mitgenommen.
Warum das denn?
Ich weiß es nicht, Ben. Eichmann hat nur gesagt: Abmontiert und mitgenommen.

Die physische Vernichtung der Opfer war eine einzige, allumfassende Handlung, die auf einem einzigen, allumfassenden Befehl beruhte. Sie lässt sich nicht anhand von Zuständigkeiten in einzelne Taten zerteilen. Wo auch immer einer in den schwarzen Fluss gestiegen ist, er wurde mitgerissen bis zur Mündung. Die Hauptarbeit des Angeklagten, sagen die Richter, lag nicht im Beschaffen von Eisenbahnwaggons, sondern im Beschaffen von Opfern, um diese Waggons zu füllen. Jeder Eisenbahnzug mit tausend Menschen, die der Angeklagte in eine Stätte der Vernichtung geschickt hat, bedeutet, dass er an tausend Morden teilgenommen hat. Da die Mordhandlung ein Ganzes bildet, entspricht die Verantwortlichkeit des Mittäters der des Haupttäters, die des Durchführenden der des Befehlenden. Der Angeklagte ist schuldig in allen Punkten.

Nach Verlesung des Urteils erhält der Angeklagte Gelegenheit zu einem Schlusswort. Er erhebt sich. Jetzt, vielleicht zum ersten Mal, bemerkt man seine breiten Schultern.

Sein Ton ist scharf, die Sätze, gegen seine sonstige Gewohnheit, kurz. In meiner Hoffnung auf Gerechtigkeit sehe ich mich enttäuscht, sagt er. Den Schuldspruch kann ich nicht anerkennen. Dass das Volk der Opfer Sühne verlange für alles, was ihm angetan wurde, verstehe er. Die Untaten seien aber nicht mit seinem Willen geschehen. Meine Schuld ist mein Gehorsam, sagt er. Ich bin nicht der Unmensch, zu dem man mich macht. Ich bin das Opfer eines Fehlschlusses.

Am folgenden Tag verkündet das Gericht das Strafmaß. Der Angeklagte steht stramm. Der Angeklagte wird zum Tode verurteilt.

Dämonen

Seltsam fern bleibt der Tod. Sein eigenes Ende sieht man dem Verurteilten so wenig an wie die Millionen Tode, die an ihm haften, die seinen Körper, sein Gesicht zeichnen sollten bis zur Unkenntlichkeit. Nichts. Einfach bloß ein Mann, mittelgroß, Mitte fünfzig. Dunkelblauer Anzug, weißes Hemd, blaugestreifte Krawatte.
Auch das Urteil erreicht ihn nicht, es ist, als bliebe der Spruch irgendwo hängen zwischen den Stühlen der Richter und dem Glaskasten. Wäre die Entscheidung nicht mündlich verkündet, sondern schriftlich vorgelegt worden, Nagar hätte sie dem Angeklagten überbringen müssen; er ist dessen verlängerter Arm im Gerichtssaal. Aufstehen, die Stufen zum Tisch der Richter hinaufsteigen, das Schriftstück aus der Hand des Vorsitzenden empfangen, die Stufen hinuntersteigen, zum Glaskasten gehen, dem Angeklagten das Schriftstück reichen, sich hinsetzen. Nagar hätte diesen Weg nicht gehen können, das spürt er. Jeder Schritt in Richtung des Glaskastens hätte ihn weiter vom Angeklagten entfernt. Da ist eine Lücke, die sich nicht geschlossen hat. Ins Innerste dieses Menschen ist niemand eingedrungen. Man steht vor den Mauern seiner Burg, zielt von dort, mag auch treffen, der Raum dahinter aber - die Höfe, die Kammern, der letzte Saal - bleibt unbezwungen.

Irgendetwas wartet dort noch.
Der Angeklagte ist schuldig in allen Punkten.
Ich bin das Opfer eines Fehlschlusses.
Der Angeklagte wird zum Tode verurteilt.
Dieser Tod ist ein juristischer, eine Möglichkeit, von der niemand weiß, ob sie wirklich werden kann. Wird man den Verurteilten hängen, wie die andern deutschen Täter in Nürnberg? Unter den Wächtern geht das Gerücht, er werde ins Ausland verkauft. Exorbitante Summen werden genannt, die sei er wert, weil er als einziger wisse, wo der sagenhafte Schatz des untergegangenen Reiches sich befinde. Eigenhändig habe er ihn, direkt nach Kriegsende, in gepanzerten Schneepflügen über die Alpen gefahren. Das Stichwort Blaa-Alm fällt, dort habe es eine Hütte gegeben, deren Wirt der Verurteilte erschießen sollte, er habe seine Pistole aber nicht aus dem Halfter gebracht, stattdessen eine Flasche Schnaps auf den Tisch gestellt und mit dem Hüttenwirt getrunken bis zur Bewusstlosigkeit. Die Kollegen reißen ihre Witze, Nagar lacht nicht mit.
Der Kommandant hat ihm erzählt: Jede Firma, für die der Angeklagte nach dem Krieg tätig gewesen sei, habe Konkurs angemeldet. Das geht Nagar nicht aus dem Kopf, macht ihn unruhig. Er sieht den Angeklagten arbeiten, Holzfäller sei er zunächst gewesen, heißt es, sieht die Bäume fallen, sieht die Axt, den Schweiß auf

der Stirn, spürt den Drang, die Hingabe, mit der dieser Mann zu Werke geht. Das ist nichts Beunruhigendes. Was beunruhigt, ist die Kette von Konkursen. Wie eine Infektion, die sich durch Berührung verbreitet. Niemand ist immun.

Am Tag nach der Urteilsverkündung hat Nagar frei. Auf dem Frühstückstisch liegen Zeitungen, Nagar schiebt sie weg, er will nichts lesen. Ora hingegen, seine Frau, ist begierig auf die Lektüre; vom ersten Tag an hat sie den Prozess in der Presse verfolgt. All die Zeitungen, die sie gekauft hat, stapeln sich im Schuppen. Nagar wird sie verbrennen, er will kein Archiv, braucht keine Kommentare und keine gedruckten Bilder. Zu viele hat er schon im Kopf. Missmutig stochert er in seinem Rührei. Pickt eine Olive aus dem Salat, der vor Ora steht. Noch eine.

Hör mal zu, sagt Ora, die das Abendblatt aufgeschlagen hat. Direkt nach der Urteilsverkündung ist eine telefonische Umfrage durchgeführt worden. Was soll mit dem Verurteilten geschehen? Hinrichten, nicht hinrichten? Ein Drittel der Befragten ist dafür, das Urteil zu vollstrecken, entweder in diesem Land oder dort, wo die Lager standen, die der Verurteilte mit seinen Transporten belieferte. Die große Mehrheit aber will den Verurteilten am Leben lassen; ginge es nach ihnen, sollte er zu lebenslanger Zwangsarbeit verdammt werden. Dasselbe hat ein italienischer Dichter und

Chemiker, selbst ein Opfer, in Versen gesagt:
Oh Sohn des Todes, dir wünschen wir den Tod nicht.
Länger sollst du leben als irgendeiner, der je lebte.
Fünf Millionen Nächte, schlaflos, sollst du leben.

Nagar ist froh, dass man ihn nicht gefragt hat. Er hätte keine Antwort gewusst. Auch zu der düsteren Prophezeiung, die Ora im Leitartikel der zweiten Zeitung findet: Jetzt, erst jetzt beginnt der Dämonentanz bei uns, weiß er nichts zu sagen. Er zuckt nur die Achseln.

Ora liest weiter vor, Nagar hört bloß noch mit halbem Ohr hin. Das Todesurteil war erwartet worden, keine andere Wahl, die Verteidigung wird Berufung einlegen, Oberster Gerichtshof, drei bis vier Monate, juristische Möglichkeiten erschöpft, Staatspräsident. Man rechnet mit einem Gnadengesuch, ebenso aber damit, dass der Verurteilte bereit sein könnte zu sterben. Dann müsste er getötet werden. Nur, von wem? Im Land der Opfer amtiert kein Henker.

Nagar steht auf, zum Mittagessen kommen Freunde, er geht in den Hof, wo er in einem kleinen Stall Hühner hält, greift sich eine der Hennen, trägt sie in den Schuppen, legt sie auf die besudelte Werkbank, nimmt ein Messer, die Klinge ist schartig, schneidet ihr den Kopf ab.

Ich warte auf Protest an dieser Stelle, der Nagar in meinem Kopf hebt aber nur die Hände, erklärend, entschuldigend. Ich war noch kein Shochet damals, wisst ihr. Was wusste ich von Messern. Mit Hühnern bin ich groß geworden, schon in Sanaa hatten wir Hühner, als meine Eltern noch lebten, Hühner füttert man, schlachtet sie, rupft sie, das wusste ich alles. Irgendein Messer haben wir genommen, ihnen den Kopf abgeschnitten. Ich war dumm. Töten dürft ihr, steht geschrieben, aber nach dem Gesetz müsst ihr es tun.

Das Tier zuckt, die Beine schlagen aus, Krallen krampfen sich in Nagars Unterarm. Jetzt, erst jetzt beginnt der Dämonentanz? Nagar schüttelt den Kopf, wartet, bis das Zucken aufhört. Dann beginnt er, das Huhn zu rupfen.

Wer den Tiger reitet

Der Gefangene schreibt. Er hat geschrieben, während er auf das Urteil wartete, nun, nachdem das Urteil verkündet ist, schreibt er weiter. So viel zu sagen. So vieles noch aufzuklären.
Er ist froh, dass ihn der Wächter, dieser seltsame kleine Mann, in Ruhe lässt. Störungen gibt es schon genug. Vor allem die medizinischen Untersuchungen sind lästig. Zweimal am Tag kommt jetzt der Arzt, als ob sie fürchteten, jeden Moment könnte sein Herz versagen. Ein Unsinn. Der Tod schreckt ihn nicht. Nur die Zeit fehlt, er braucht Zeit, um das Kind beim Namen zu nennen, vor Gericht ist er ja kaum zum Reden gekommen, ständig musste auf die Übersetzungen gewartet werden, ständig hat man ihm das Wort abgeschnitten, und sechzig Verhandlungstage lang hatte er einfach dazusitzen und den Zeugen der Anklage zuzuhören. Die Opfer, die Opfer. Ja, ja. War's das jetzt?
Den Opfern hat man Zeit genug gegeben zu reden, sich vage zu erinnern, dreist zu lügen im Schutze ihres Leids. Sie haben gelitten, sicher. Furchtbar gelitten. Er ist aber auch ein Opfer! Opfer seines Gehorsams, seiner Treue zum Eid, Opfer der Abwälzungsbereitschaft seiner Vorgesetzten und Mitarbeiter, die nach dem Krieg alles ihm angehängt hatten, um ihre weiche Haut zu retten. Als hätte er das Reich regiert, als

hätte er allein fünf oder sechs oder wieviel Millionen Reichsfeinde erledigt. Ein Unsinn, ein Wahnsinn, gegen den er sich zu verteidigen hat – Ich musste tun, was befohlen war, aus eigener Initiative irgendetwas zu veranlassen, war ich gar nicht befugt gewesen, selbst auf dem Gebiet des Räumungswesens nicht. Sämtliche Angelegenheiten hatte ich dem Amtschef IV zur Entscheidung vorzulegen und um Weisung zu bitten. Ich habe allein das machen können, was mein Amtschef mir befohlen hat.

Die von der Anklage vorgelegten Dokumente beweisen es ja. Ich habe im Lauf des Prozesses lernen müssen, dass es unzählige Schriftstücke gibt, die das Zeichen meines Dezernats tragen und meine Unterschrift, aber immer und überall steht vor meinem Namen: stellvertretend, im Auftrag. Und wenn es Ich heißt, Ich weise an und so weiter, so ist das Amtsdeutsch, der ersten Person ist gar keine Bedeutung beizulegen.

Ich, das meint die vorgesetzte Stelle, den Befehlenden.

Wenn man natürlich ein einzelnes Schriftstück herauszieht und als Trumpf spielt, wie es dem Herrn Generalstaatsanwalt gefallen hat, dann dreht die Sache sich herum. Man muss schon das ganze Blatt in der Hand betrachten. Dann sieht das Ding schon ganz anders aus. Wenn man die gesamten Dokumente dem zeitlichen Ablauf gemäß anschaut, sieht die Sache anders aus. Dann ist

klar, dass IV B 4 gar nicht einbezogen war in diese Angelegenheiten, ich möchte sie einmal leitende Befehlsprozesse nennen. Es wurde befohlen und infolgedessen ist durchgeführt worden. Ich hatte zu parieren.
Und ich habe pariert; ich habe jeden Befehl stets ausgeführt, den ich bekommen habe, und darauf bin ich heute noch stolz, denn damit habe ich meinen Eid erfüllt. Der Fahneneid ist die höchste Verpflichtung, die ein Mensch einzugehen vermag, höher als jede sogenannte Moral. Wer ihn ableistet, bindet sich an sein angestammtes Volk und Blut und hat dafür einzustehen, dass die große Gemeinschaft leben kann. Aus diesem Denken heraus subordinierte ich mich und gehorchte. Nicht als sturer Befehlsempfänger, dann wäre ich ein Trottel gewesen, sondern ich habe mitgedacht, ich war ein Idealist gewesen. Ich habe Ideen ausgebrütet, mit Schöpferfreude, und mich privat, nach den Dienststunden, damit weiter beschäftigt. Aber wenn ich sie dann meinem Amtschef vortrug, lächelte er nur dünn, als wollte er sagen, Ja, mein Lieber, sehr schön, aber da kann ich gar nichts machen. Und dann war ich entlassen. Ich hätte die Sachen genauso gut seinem Papierkorb erzählen können. So ist es mir die ganzen Jahre ja auch bei meinen Bemühungen um die Beschaffung von Land und Boden für die Opfer gegangen. Ich habe die humane Trennung gewollt, aber alles wurde

mir verbrannt und zerschlagen, ob es nun das Projekt in Nisko am San gewesen ist oder der Umsiedlungsplan nach Madagaskar. Es ist wie verhext gewesen. Was ich auch plante und was ich auch wollte und machte und machen wollte, hat mir das Schicksal irgendwie verwehrt und hat mir einen Strich durch die Rechnung gemacht.
Bei den Transporten ist es nicht anders gewesen. In der Regel ging die Sache sehr hoffnungsvoll an, die Züge rollten am Anfang, dass man sagen kann, es war eine Pracht, aber dann kam es zu Stockungen, die oftmals viele Wochen dauerten. Schwierigkeiten über Schwierigkeiten tauchten auf, von Kunz und Hinz wurde quergeschossen, es wurde von so vielen Stellen quer- und dazwischengeschossen, dass ich es gar nicht mehr weiß. Jede Instanz meinte, sich einmengen zu müssen, und am Ende ging es dann schief.
IV B 4 kämpft mit dem Reichsverkehrsministerium um rollendes Material, gewinnt den Kampf, der Transport wird bewilligt trotz etlicher Widerstände, und dann hakt der bürokratische Apparat, die Opfer fehlen, weil der Amtsschimmel irgendwo zu kurz gesprungen ist. Tausend braucht man, damit der Transport abgehen kann, einhundertfünfzig bekommt man zusammen, zu einer kurzfristigen Ersatzauffüllung sieht das Kommando vor Ort sich nicht in der Lage, der Zug wird gestrichen. Wieder und wieder ist es so gewesen.

Ich habe immer die politische Lösung gewollt, das war das Feld, auf dem ich gedanklich lag von Anfang an und das ich beackert habe gemeinsam mit führenden Vertretern der Opfer. Als der Chef der Sicherheitspolizei und des SD mich eines Tages zu sich befahl und mir, mit einem kleinen speech vorher, sagte: Der Führer hat die physische Vernichtung der Opfer befohlen, da wankte alles bei mir. Ich war fertig gewesen. An eine solche Gewaltlösung hatte ich nie gedacht gehabt. Wer den Tiger reitet, kann jedoch nicht mehr absteigen; er krallt sich ins Fell, als kleines Menschenkind, und drückt seinen Kopf in den Nacken der Bestie.

Mit dem Gas hatte ich nichts zu tun gehabt. Wenn ein Lagerkommandant behauptet, er hätte mit mir über Versuchsvergasungen gesprochen und wir hätten gemeinsam eine Methode festgelegt, dann ist dies eine durchsichtige Lüge. Ich hatte überhaupt keine Rolle zu spielen in dieser Sache, ich hatte keine Funktionen, ich hatte auch keine Vollmachten. Ich wusste, dass mit den runden Pappsachen getötet wird, das muss ich gestehen, der Lagerkommandant hat sie mir bei einem meiner Besuche gezeigt, aber IV B 4 war in keinster Weise befasst damit. Als ich erfuhr, dass mein ständiger Vertreter sich mit Gasgeschichten eingelassen hat, dass er sich irgendwie ein Gas hatte sicherstellen lassen, kam es zu einer großen Verstimmung zwischen mir

und ihm. Mensch, was hast denn du mit Gas zu tun, habe ich ihm gesagt, es geht mich nichts an. IV B 4 hat mit Gasangelegenheiten nichts zu tun gehabt, wir konnten nichts anordnen, wir konnten nichts stoppen. Wir hatten die Transporte zu liefern gemäß Fahrplankonferenz, damit endeten unsere Zuständigkeiten.
Aber so geht's. Die, die aufklären könnten, sind entweder tot oder haben die Sachen in Reinwaschungsabsicht abgewälzt. Und jetzt stempelt man alles mit meinem Namen, was dem Volk der Opfer angetan wurde. So war es, und so wird es wohl auch bleiben. Ich behaupte heute, dass das ganze menschliche Zusammenleben, zumindest in seiner zweitausendjährigen neueren Zeit, sicherlich aber auch vordem, eine einzige, große und gewaltige Betrugs- und Lügensymphonie ist. Man will einen Schuldigen, nicht Aufklärung, den hat man sich geholt, man hat mich gekidnappt, in dies Land geschleppt, das Land der Opfer, wo man mich angeklagt hat und verurteilt. Mittäterschaft, Verantwortlichkeit die eines Haupttäters, die Öffentlichkeit hat das Urteil gehört, die Kameras haben den Fehlschluss in die Welt gesendet. Es ist mir ein Trost aus tiefstem Grunde: den Letzten beißen immer die Hunde.
So dumm bin ich nicht zu glauben, dass ich dagegen ankämpfen könnte. Die Würfel sind längst gefallen. Aber die Geschichte wird

dereinst urteilen, nicht das Opfervolk. Die Geschichtsforscher aller Konfessionen und vieler Völker werden den Prozess bis in das kleinste Detail studieren, noch fünfzig Jahre lang und mehr. Und es wird je nach Zeitgeist so oder so ausgelegt werden. Vielleicht dauert aber der Diskurs in den Studierstuben noch länger als fünfzig Jahre. Denn es ist alles sehr kompliziert und verworren. Die Materie ist gewaltig, und es würde mich reizen, all die Dissertationen, all die Doktorarbeiten, meinen Prozess betreffend, in den nächsten hundert Jahren lesen zu können. Die Wahrheit über mich wird sich erst in einigen Jahrzehnten durchsetzen. Eine Bibliothek von Büchern wird vorerst noch Legenden über mich spinnen. Bis die Netze brüchig werden und die spinnende Spinne mangels neuer Nahrung ausgetrocknet ist. Aber ewig ist das Leben; eine neue Spinne wird anfangen, mit dem Netzwerk der Wahrheit.
Man kann mich nicht töten in diesem Land. Es gibt kein Ende für mich und ebenso wenig ein Nichts.

Die Nacht hatte ich durchgeschrieben, gejagt, gepeitscht von dieser Stimme, die laut und lauter wurde, während ich schrieb, die jeden Satz vereinzelte, als sei er ein Körper, die ihn beben, klingen und klirren ließ, eine Kakophonie – dennoch, als das letzte Wort geschrieben war, ein Zusammenklang.

Es gibt kein Ende für mich
und ebenso wenig
ein Nichts.

Völlig erschöpft war ich am Schreibtisch eingeschlafen, wachte erst auf, mit schmerzenden Gliedern, als Ben an die Tür klopfte. Er runzelte die Stirn, als er mich sah, ging an mir vorbei in die Küche, kochte Kaffee, bereitete mir einen Imbiss. Ich aß, obwohl ich keinen Appetit hatte, und trank den Kaffee, der zu stark war.

Ben ging zum Schreibtisch, stützte seine breiten Hände auf die Platte, betrachtete die Blätter, die ich beschrieben hatte. Dann nahm er sich eins, ging ans Fenster damit, begann zu lesen. Zunächst murmelte er vor sich hin, dann fing er an, laut zu lesen, vorzutragen wie ein eifriger Schüler, in diesem typischen flach dröhnenden Ben-Ton, schief, so schief klang das, ich konnte es nicht ertragen. Gib mir das Blatt!, verlangte ich. Gib her! Ich lese! Verblüfft, verwirrt gab er mir das Papier. Und ich las.

Bellte die Sätze, wie sie zu bellen sind, härtete jeden Anlaut, rollte das r wie Hitler, fügte die für Eichmanns Sprechen charakteristische Pause nach der Konjunktion ein, sprach Punkte als Ausrufezeichen, schlug den Takt dazu mit der flachen Hand auf den Tisch.

Es wurde befohlen und – infolgedessen ist
durchgeführt worden!
Ich hatte zu parieren!
Und – ich habe pariert!
Ich habe jeden Befehl stets ausgeführt, den ich
bekommen habe,
und – darauf bin ich heute noch stolz!
Denn – damit habe ich meinen Eid erfüllt!

Ben war durchs Zimmer gelaufen, während ich las, plötzlich hielt er inne, drohend fast beugte er sich über mich: Was schreibst du, Moshe! Was schreibst du?
Ich verstand die Frage nicht.
Wie Eichmann schreibst du!
Das ist Eichmann, Ben! Seine Worte! Ich habe nicht geschrieben, ich habe abgeschrieben.
Stöhnend richtete Ben sich auf, fuchtelte mit den Armen, fegte den Kaffeebecher vom Tisch. Was?
Ja, Ben. Eichmanns Stimme ist das. Hör zu:

Tausend braucht man, damit der Transport abgehen
kann! Einhundertfünfzig bekommt man zusammen!
Zu einer kurzfristigen Ersatzauffüllung sieht
das Kommando vor Ort sich nicht in der Lage! Der
Zug – wird gestrichen!
Wieder und wieder ist es so gewesen.
Wieder und wieder!
Wieder, wieder und wieder ist es so gewesen!

Ich habe immer die politische Lösung gewollt –

Hör auf! Ich kenne dich nicht, Moshe. Ich kenne dich nicht mehr.

`Mit dem Gas hatte ich nichts zu tun gehabt!`
`Wenn - ein Lagerkommandant behauptet -`

Hör auf, Moshe, hör auf! Du bist Jude, wie kannst du diesem Vieh eine Stimme geben! Ich bin Jude, wie kannst du mir vorlesen wie der!
Weil er eine Stimme ist! Eichmann ist eine Stimme, Ben. Alle Stimmen will ich reden lassen.

Ben hat nicht begriffen. Wie sollte er auch. Als Fremder schob er mich zum Rastplatz, schob einen Fremden vor sich her. Die Spannung zwischen uns war mit Händen zu greifen. Nagar, der schon auf seinem Stuhl saß und wartete, spürte sie sofort. Statt uns zu begrüßen, begann er zu summen, sah von einem zum andern, summte lauter, als Ben seinem Blick auswich, aufsprang und zur Kochstelle ging.
Ihr habt gestritten?, fragte er, als Ben zurückkam.
Moshe lässt Eichmann reden!
Ich auch, Ben. Ich erzähle auch, was Eichmann gesagt hat.
Ja, aber Moshe macht ihn – er lässt ihn da sein. Lässt ihn seine Lügen sagen! Eichmann ist tot, stumm. Wir sind Juden, wir müssen das nicht mehr hören!
Wisst ihr, dass Eichmann das Shma Israel gesagt hat?
Was? Was hat er?
Unser Gebet hat er gesagt, Ben. Als sie ihn gefangen haben, vor seinem Haus in Argentinien – sie hatten auf ihn gewartet, wisst ihr, er kam jeden Abend mit dem Bus von der

Arbeit, sie haben gewartet, bis der Bus weg war, sind neben ihn gefahren, einer hat die Tür aufgestoßen, der andere hat ihn ins Auto gezogen. Sie haben ihn gefesselt und geknebelt und ihm eine Schlafbrille aufgesetzt –

Was?

Wenn du schlafen willst und es zu hell ist –

Ich weiß, was Schlafbrille bedeutet, Shalom. Warum, frage ich.

Damit er nicht sehen konnte, wo sie hinfahren!

Es war doch dunkel!

Sie sind durch die Stadt gefahren, da war es hell!

Gut, gut. Eine Schlafbrille. Eichmann hatte eine Schlafbrille auf.

Die Mossad-Männer haben ihn durch die Stadt zu ihrem Versteck gefahren. Im Versteck, es war ein Haus, das sie gemietet hatten, wurde er auf ein Bett gelegt, seine Füße wurden an das Bettgestell gefesselt. Dann haben sie ihn ausgezogen und in einen Pyjama gesteckt –

Wie das denn? Seine Füße waren doch an das Bett gefesselt.

Sie haben die Fesseln aufgemacht und dann wieder zu.

Und die Schlafbrille?

Lass mich erzählen, Ben! Du weißt doch, ich erzähle richtige Geschichten. Etwas, das wirklich passiert ist. – Einer, er hieß Kenet, hat sich vor Eichmann hingestellt, mit einer Liste. Die hat er abgefragt. Wie groß sind Sie? Welche Kleidergröße? Welche Schuhgröße?

Shalom –

Sie wollten wissen, ob er es ist, Ben! Stell dir vor, sie hätten den Falschen erwischt! Eichmann hat alles richtig beantwortet. Welche Nummer hat Ihr Parteiausweis? Eichmann hat die Nummer gesagt. Wie heißen Sie? Ricardo Klement, hat Eichmann gesagt. Stammen die Narben auf Ihrer Brust von einem Unfall, den Sie während des Krieges hatten? Er hat ja gesagt. Wie heißen Sie?, fragt Kenet zum zweiten Mal. Otto Henninger, sagt Eichmann. Kenet schaut auf seine Liste und liest zwei Nummern vor. Sind das Ihre SS-Nummern? Jawohl. Also, wie heißen Sie? Ich heiße Adolf Eichmann, sagt er. Damit war die Sache klar.

Ja und? Was ist mit dem Shma Israel?

Warte doch, Ben. Sie wussten also, sie haben den Richtigen. Alle haben sich entspannt, Eichmann auch. Er hat um ein Glas Rotwein gebeten, das haben sie ihm gegeben. Er hat getrunken und einen nach dem andern angeschaut. Es waren vier Agenten. Ich wusste gleich, wer Sie sind, hat Eichmann gesagt. Ich kann nämlich Hebräisch: Shma Israel, Adonai Elohenu, Adonai Echad. Baruch shem –

An der Kehle gepackt hätte ich ihn, in sein deutsches Maul hätte ich ihm die Worte gestoßen, dass er erstickt wäre daran! Dieses Schwein!

Du kannst Eichmann nicht stoppen, Ben. Niemand kann das. Als sie ihn ins Versteck gebracht hatten, hat er zuerst kein Wort gesagt –

Gerade hast du erzählt, er hat Fragen beantwortet und das Shma Israel gesagt!

Sie haben ihn ins Versteck geschleppt, ans Bett gefesselt, ausgezogen, dann haben sie ihm die Schlafbrille abgenommen – er hatte einen Schock, verstehst du? Wenn du einen Schock hast –

Dann betest du? Das Gebet deiner Opfer?

Dann kannst du dich nicht kontrollieren! Aber danach –

er hat Rotwein getrunken, er war wieder Eichmann. Und hat den Mund nicht mehr aufgemacht. Kein Wort. Er hat sich zur Wand gedreht und nicht mehr reagiert. Nur einen, er hieß Aharoni, den mochte er irgendwie. Wenn Aharoni kam, hat Eichmann sich umgedreht und ihn angesehen. Vielleicht erinnerte er ihn an jemanden. Aharoni hat dann angefangen, ihn dies und das zu fragen. Aharoni hat ihm eine Frage gestellt, Eichmann hat ihn angeschaut und geschwiegen. Aharoni hat die nächste Frage gestellt. So ging das weiter, in aller Ruhe. Weil Aharoni ruhig blieb, hat Eichmann ihm vertraut. Und plötzlich hat er wieder geredet und nicht mehr aufgehört. Aharoni hat mitgeschrieben, blöckeweise.

Als Eichmann dann in Israel war, im Gefängnis in Yagur, ist er weiter verhört worden, von einem Hauptmann, sehr höflich war der, bitte, Herr Eichmann, hat er gesagt, möchten Sie eine Zigarette rauchen, Herr Eichmann, darf ich die Frage wiederholen, Herr Eichmann. Deshalb hatte Eichmann auch zu ihm Vertrauen. Und hat geredet, monatelang. Alles wurde auf Tonband aufgenommen und abgeschrieben, tausende Seiten. Bei uns in Ramlah hatte er keinen zum Reden, wir Wächter konnten ja kein Deutsch, aber er hat Stifte und Papier bekommen, damit er schreiben konnte. Und er hat geschrieben. Nicht mehr aufgehört! Er hatte ja immer Licht, Tag und Nacht musste die Deckenlampe brennen, das war Vorschrift. Hätte er nicht den Befehl bekommen, sich ins Bett zu legen, er hätte immer weiter geschrieben. Dann kam der Prozess, da hat er wieder geredet. Und wenn er zuhören musste, weil die Zeugen redeten oder der Staatsanwalt, hat er seine Blöcke vollgeschrieben. Brachten wir ihn abends in seine Zelle, was glaubt ihr? Hingesetzt hat er sich und geschrieben! Vor der Urteilsverkündung: geschrieben! Nach der Urteilsverkündung: geschrieben! Oft hat er den Mund verzogen, wenn wir ihn ins Besuchszimmer bringen mussten, weil sein Verteidiger da war oder sonst jemand. Dann musste er nämlich den Stift aus der Hand legen, das gefiel ihm nicht. Er wollte keinen Besuch, er wollte schreiben.

Warum?

Ich weiß nicht. Vielleicht hat er gedacht, dann bleibt er am Leben. Wenn er schreibt, kann man ihn nicht töten.

Warum nicht?

Weil man lesen muss, was er schreibt, Ben. Er wusste Dinge, die keiner wusste außer ihm. Alles ist ja auch aufbewahrt worden, was er geschrieben hat. Jede Seite kam auf den Tisch des Gefängnisdirektors, und der hat sie in seinen Safe eingeschlossen.

Ja, ja. Eichmann hat geschrieben. Sechs-, sieben-, achttausend Seiten. Und Moshe hat ihn schreiben lassen, hat ihn abgeschrieben, mit seiner Stimme geredet. Womöglich habe ich eine Freundschaft zerschrieben. Eine Freundschaft, die auf der stillschweigenden Voraussetzung gemeinsamen Glaubens beruhte, gemeinsamer Vorstellungen vom Judesein, vom Leben in diesem Land und vom Umgang mit dem, was hinter uns liegt. Ben hat mir Kredit gegeben, ohne meine Verhältnisse zu kennen. Meine Vorgeschichte, meine Last, ahnt er so wenig wie Nagar. Das muss ein Ende haben. Ich werde ihnen meine Geschichte erzählen.

Nur, wo kann ich erzählen, wo ist der Ort für Moshes Geschichte? Der Rastplatz bleibt Nagars Revier; sein Eichmann, das weiß ich ja, erträgt keinen andern. Nein, hier müssen sie sitzen, mir gegenüber, hier kann ich, darf ich erzählen. Aber wird Nagar kommen? Er geht seine drei, vier vertrauten Wege, und selbst die geht er nicht, er bewältigt sie, gehetzt, geängstigt, getrieben von Eichmann, der ihm folgt.

Ich muss euch eine Geschichte erzählen, Ben, sagte ich, als er kam, um mich abzuholen. Dir und Nagar. Eine Eichmann-Geschichte, die ihr beide nicht kennt. Die niemand kennt bislang. Bring Nagar her. Nimm ihn an der Hand, verbinde ihm die Augen, lass ihn singen und summen auf dem Weg, mach, was du machen musst, aber bring ihn her.

Jetzt sitzen sie da, auf meinem kleinen Sofa. Ich ihnen gegenüber, im Rollstuhl. Wie Brüder drängen sie sich aneinander, tragen die gleiche Kleidung, schwarze Jacke, schwarze Hose, weißes Hemd, schwarze Kippa, fühlen sich brüderlich unwohl. Alles ist anders hier: kein fleckiger Holztisch zwischen uns, kein Klappstuhl, der dem einen passt wie angegossen, dem andern immer zu klein ist, kein Boden aus Lehm, der den Füßen Erdkontakt gibt. Keine Ställe, keine Hühner, Gänse oder Schafe, kein Nagel, an den sich eine Schürze hängen ließe oder der Kittel. Keiner hat Tee gekocht, niemand Birnen geteilt. Nur der erste Satz ist vertraut. Dieses eine Mal eigne ich ihn mir an.

Ich will euch eine Geschichte erzählen. Sie beginnt in Deutschland.

Habe ich das gesagt: in Deutschland? Sie beginnt deutsch, hätte ich sagen sollen. Entschlossen deutsch beginnt meine Geschichte, um ratlos deutsch zu enden. Nicht einmal zu enden – ein Ende hat sie noch nicht.

Sie beginnt in Deutschland, 1935, als die Nazis die sogenannten Rassengesetze erließen. Reichsbürgergesetz. Gesetz zum Schutze des deutschen Blutes und der deutschen Ehre. Gesetz zum Schutze der Erbgesundheit des deutschen Volkes. In Verordnungen zu diesen Gesetzen wurde das Deutschsein definiert.

Geschichtsunterricht! Säße Ben nicht eingezwängt neben Nagar, der nicht weiß, wohin mit seinen Händen, den Bart zupft, während ich rede, und an seinen Fingern zieht, würde dieser Ausruf unweigerlich kommen. Geschichtsunterricht gibst du uns, Moshe! Warum sollen wir das hören? Warum sollen wir wissen, wie sie deutsch sein wollten, die Nazis?

Ja, was, Ben? Sollte ich so anfangen: Oberscharführer Schneider war entschlossen, kurzen Prozess mit sich zu machen? Wäre das zu verstehen? Siehst du. Ihr müsst Schneiders Gründe kennen, ahnen, was plötzlich zusammenbrach über diesem Mann.

Aber Ben protestiert ja gar nicht. Stumm sitzt er da und schaut zu Boden. Auch die Pause, die ich mache, nimmt er hin.

Die Rassengesetze also, und in Verordnungen zu diesen Gesetzen wurde das Deutschsein definiert. Dass einer deutsch war, ergab sich für die Nazis daraus, dass er etwas anderes nicht war: jüdisch. Deutsch, sagten die Verordnungen, sind Menschen, die weder jüdische Eltern noch jüdische Großeltern haben. Was zu beweisen war. Sieben Geburtsurkunden hatte vorzulegen, wer Bürger des Reichs sein wollte: die eigene, die der beiden Eltern, die der vier Großeltern. Dazu die Heiratsurkunden der Eltern und Großeltern. War einer der Großeltern jüdisch, galt der Betreffende als Vierteljude oder Mischling zweiten Grades, bei zweien war er Halbjude oder Mischling ersten Grades, bei dreien Volljude. So hieß es damals.

Noch deutscher als die Bürger des Reichs sollten jene Männer sein, die der SS angehörten, wie Eichmann. Von ihnen wurde ein Stammbaum verlangt, der weit bis ins 18. Jahrhundert zurückreichte. Kein einziger ihrer Ahnen durfte Jude sein. Als diese Anforderung erhoben wurde, zwei, drei Jahre nach dem Erlass der Rassengesetze, gab es die SS aber schon lange. Und bis dahin hatte nach Ahnentafeln niemand gefragt. Die Männer leisteten den Eid, schworen Führer und Volk die Treue, gingen auf in ihrem schwarzen

Bund. Nun, plötzlich, wurde auch hier getrennt. Viele der SS-Männer mussten nämlich feststellen, dass sie nicht so deutsch waren wie verlangt, stießen auf jüdische Vorfahren, als sie ihre Ahnentafeln zusammenschrieben. Gewusst hatten sie nichts davon, oder hatten sich, wenn sie es wussten, keine Gedanken darüber gemacht. Gezählt hatte es ebenso wenig. Jetzt zählte es, jetzt entschied eine verblichene Geburts- oder Heiratsurkunde alles.

Auch bei einem von Eichmanns Männern, Oberscharführer Giselher Schneider, kamen jüdische Vorfahren ans Licht. Schneider galt sogar als Volljude, undeutsch vom Scheitel bis zur Sohle. Die Männer, denen das bescheinigt wurde, die es sich selbst bescheinigen mussten, hatten außer einem letzten Handschlag der alten Kameraden nichts zu erwarten. Sie standen im Nichts. Was sie sein wollten und geglaubt hatten zu sein, waren sie nicht mehr; was sie waren, wollten und durften sie nicht sein. Viele von ihnen tauchten unter, verschwanden spurlos, andere sahen nur den Ausweg, sich zu erschießen. Zu ihnen gehörte auch Schneider. Aber es kam anders.

Eichmann mochte Schneider, er schätzte ihn als Mitarbeiter und als Menschen. Zudem hatten sie zusammen musiziert, im Rothschild-Quartett, so genannt nach dem Palais, das Eichmanns Dienststelle beherbergte. Eichmann hatte Schneider sogar die erste Geige überlassen, weil der Oberscharführer viel besser spielte als er. Und nun war dieser Mann Jude. Volljude. Schnell vergessen, einen Strich durch? Eichmann konnte das nicht, es ging ihm gegen die Ehre. Er ließ Schneider zu sich kommen, um mit ihm über seine Zukunft zu sprechen. Schneider zeigte stramme Haltung. Pech

gehabt, Sturmbannführer!, meldete er. Es war eine schöne Zeit, aber es ist nun mal so, da kann man nichts ändern. Was werden Sie jetzt tun?, fragte Eichmann. Mein Herz ist deutsch, antwortete Schneider, aber mein Blut straft es Lügen. Ich werde kurzen Prozess machen mit mir.
Eichmann sah ihn an, ruhig, forschend. Der Mann gefiel ihm, auch jetzt noch. Unsere Ehre heißt Treue, Kamerad Schneider, sagte er. Zum Volk, zum Führer. Diese Treue können Sie bewahren. Wie das, Sturmbannführer?, fragte Schneider. Sie müssen heraus aus dem Reich, das ist klar, sagte Eichmann. Gehen Sie in ein Land, in dem das – diese Sachen keine Rolle spielen. Heiraten Sie, eine deutsche Frau, zeugen Sie Söhne, die wieder deutsche Frauen heiraten. In wenigen Generationen werden die Schneiders dann blutrein sein. Und Ihre Nachfahren kehren als Deutsche zurück, hierher, ins Reich.
Schneider hatte regungslos zugehört und war bei jedem Satz blasser geworden. Aus dem Himmel in die Hölle geworfen und dann gleich wieder auf den Weg zurück gebracht zu werden, das war zuviel für ihn. Eichmann nötigte ihn, sich hinzusetzen, gab ihm einen Cognac, bot ihm eine Zigarette an. Schneider trank, Schneider rauchte, und allmählich beruhigte er sich. Werden Sie es tun, Kamerad?, fragte Eichmann. Jawohl, Sturmbannführer, sagte Schneider. Sie tranken dann noch einige Cognacs, auf die Treue, und beratschlagten, wie Schneider seinen Weg machen würde. Ich könnte in die Schweiz gehen, sagte Schneider. Dort hatte er Bekannte. Wovon werden Sie leben?, fragte Eichmann. Ich könnte als Musiker arbeiten, eine Kapelle gründen. Der Plan gefiel Eichmann. Er gab Schneider Geld, er gab ihm ei-

nen Reisepass, er versprach, dafür zu sorgen, dass Schneider ungehindert über die Schweizer Grenze gelangte. Zum Abschied gab Eichmann seinem ehemaligen Oberscharführer die Hand, hielt sie lange in seiner. Zeugen Sie einen Sohn, Kamerad Schneider, sagte er. Zeugen Sie einen Sohn!

Schneider tat, wie Eichmann ihn geheißen hatte. Er ging in die Schweiz, gründete dort eine Tanzkapelle, heiratete eine Deutsche, eine Katholikin aus Konstanz, und zeugte einen Sohn mit ihr, den er Adolf nannte, Eichmann zu Ehren.

Adolf Schneider besaß einen Schweizer Pass, fühlte sich aber als Deutscher. So wurde er auch erzogen. Alle Verwandten wohnten in Deutschland, und es galt als ausgemacht, dass Familie Schneider dorthin zurückkehren werde. Keine Woche verging, ohne dass der Vater Pläne schmiedete, wo er arbeiten, wo sie leben könnten. Dann wurde Adolfs Mutter krank, so schwer, dass an einen Umzug nicht mehr zu denken war. Die Krankheit seiner Frau veränderte den Vater. Er wurde schweigsam, abweisend, verkroch sich in sein Arbeitszimmer. Auch Geige spielte er zu Hause nicht mehr; wenn er von den Auftritten seiner Kapelle kam, blieb das Instrument im Kasten.

Eines Abends, Adolf schlief schon fast, stand der Vater plötzlich in seinem Zimmer. Er schaltete das Licht ein, setzte sich auf die Bettkante. Ich muss dir etwas zeigen, Junge, sagte er und holte ein abgegriffenes Photo aus seiner Jackentasche. Es war das Brustbild eines Mannes in Uniform, dessen Kopf klein wirkte unter der großen Mütze, auf deren schwarzem Schirm ein Totenkopf zu sehen war. Der Mann hatte jungenhafte Züge, eine gebogene Nase und einen weichen, fast weiblichen Mund. Sein Blick aber war scharf,

obwohl die Augenlider seltsam schief herabhingen. Adolf fühlte sich geprüft, als er ihn ansah.
Weißt du, wer das ist? Der Junge schüttelte den Kopf. Das ist Obersturmbannführer Adolf Eichmann, sagte der Vater. Der Mann, dem ich verdanke, dass ich einen Sohn habe. Der Mann, dem ich dich verdanke. Und er erzählte Adolf seine Geschichte. Der Junge hörte schläfrig zu, und als der Vater fertig war, fragte er nur: Wir sind also Juden? Keine Deutschen? Hast du denn nicht verstanden, Adolf? Ich bin Jude, du nicht! Du bist Halbjude, ein Mischling. Deine Kinder werden Vierteljuden sein. Und deren Kinder, deine Enkel, meine Urenkel, werden deutsch sein. Wirkliche Deutsche, Adolf. Wie Obersturmbannführer Eichmann.
Noch immer spüre ich seine Hand in meiner, Junge, sagte er mit rauer Stimme. Dann beugte er sich herunter und umarmte seinen Sohn, drückte ihn lange an sich. Du musst zurückgehen, Adolf, versprich mir das. Zurück nach Deutschland.
Die Rührung seines Vaters bewegte den Jungen mehr als dessen Enthüllungen. Es missfiel Adolf zwar, auf einmal nur noch halbdeutsch zu sein, und das Halbjüdische war ihm irgendwie unangenehm, sehr tief aber ging das Unbehagen nicht. Jude, jüdisch, das waren Worte, mit denen er kaum etwas verband. Von Antisemitismus, Judenhass wusste er nichts. Und wer dieser Eichmann war, wusste er auch nicht. Einige Jahre später, im Geschichtsunterricht, erfuhr er es. Der Lehrer, ein gebeugter, aber strenger Mann, trat vor die Klasse, zog sein Jackett aus, krempelte einen Hemdsärmel hoch und zeigte ihnen die Nummer, die auf seinem Unterarm eintätowiert war. Dann erzählte er ihnen von

Auschwitz, berichtete von der Judenverfolgung, den Judentransporten. Spie Namen aus wie giftige Bissen: Himmler, Heydrich, Höß. Und Eichmann. Immer wieder: Eichmann. Adolf hörte zu, als sei er gemeint. Der Schweiß brach ihm aus, er wollte weg, weg aus der Klasse, weg von diesem unnachgiebigen Mann mit der Nummer auf dem Arm, weg von Eichmann, Eichmann, Eichmann. Der Lehrer weiß es, dachte er. Er kennt Vaters Geschichte, meine Geschichte. Und am Ende der Stunde wird er alles aufdecken, auf mich zeigen: Der da. Adolf! Auf Eichmann getauft.
Natürlich tat der Lehrer das nicht, aber von diesem Tage an fühlte Adolf sich fremd in seiner Klasse. Als ob er nicht mehr dazugehörte. Pech gehabt. Wozu gehörte er denn überhaupt? Zu den Juden, den Opfern, den Deutschen, den Tätern? Beides trug er in sich, verfolgte und wurde verfolgt, verfolgte den jüdischen Adolf, angetrieben von Eichmann, verfolgte den deutschen, angetrieben von den Ahnen seines Vaters und sechs Millionen Opfern. Er drehte sich um sich selbst, zog Kreise, die immer enger wurden, bis er keinen Boden mehr unter den Füßen hatte, keinen Ort, der ihn stehen ließ. Er trieb. Haltlos wie im Orkan, hilflos den Mächten ausgesetzt, die an ihm zerrten: Eichmann, der auf ihn zueilte, in schwarzer Uniform, seinem Vater, nackt, die Mütze mit dem Totenkopf neben sich auf dem Boden. Hier wurden Juden in Eisenbahnwaggons gezwängt, dort gab Eichmann einem Juden die Hand; hier stand sein Lehrer, mit aufgekrempeltem Ärmel, dort umarmte ihn sein Vater. Wie sollte er leben können? Sollte er das Deutsche in sich vernichten, weil es verworfen war, ein todbringendes Erbe? Sollte er das Jüdische hassen in sich, weil dieser Hass der

Kredit war, mit dem sein Vater ihn gezeugt hatte? Der Vater, der zu den Tätern gehörte, der mit Eichmann, für Eichmann gearbeitet hatte an der Vernichtung des Volks, zu dem er gehörte. Der Mann, der undenkbar war, der sich aufhob, den es nicht geben durfte. Der Mann, der Eichmann seinen Sohn verdankte. Der Eichmanns Arbeit in ihm, Adolf Schneider, fortgeführt hatte! Denn was war seine Zeugung, die Zeugung von Gnaden, auf Befehl Eichmanns, anderes gewesen als ein weiterer Schritt auf dem Weg zur Judenvernichtung? Seinen jüdischen Samen in einen deutschen Schoß ergießen, auf dass das Jüdische, die Unreinheit, halbiert werde, geviertelt in der nächsten Generation, um dann zu verschwinden, zu verlöschen wie Rauch, den der Wind verweht? Die Shoah am eigenen Leib. Und er, Adolf, sollte das Werkzeug sein!

Seine Verwirrung schlug um in Wut, Wut auf Eichmann und dessen teuflische Perfidie, Wut auf seinen Vater, der sich hatte benutzen lassen, der seinen Sohn benutzte, dessen Söhne benutzen wollte und noch deren Söhne.

Ein Fluch. Und auf einmal wusste Adolf, wie der aufzuheben war. Was Eichmann und sein Vater auslöschen wollten, musste er bewahren, was sie beenden wollten, musste er beginnen: Er musste Jude werden. Wie eine ungeheure Befreiung kam der Gedanke. Jude werden.

Nur wusste er so gut wie nichts vom Judentum. Also setzte er sich nach der Schule in die Bibliothek und las. Gründlich, wie er war, begann er mit dem Alten Testament. Dann las er eine dreibändige Geschichte des Judentums, ein Buch über die jüdischen Feste, schließlich Theodor Herzls *Judenstaat*. All das war nur ein Anfang. Hebräisch musste er lernen,

und er lernte die Sprache, so gut es im Selbststudium ging. Um die Schule kümmerte er sich kaum noch, bestand die Matura nur knapp, aber das war ihm egal. Sein Entschluss stand fest.
Eines Abends sammelte Adolf seinen Mut und klopfte an die Tür zum Arbeitszimmer seines Vaters. Er fand ihn vor einer Flasche Cognac sitzen, müde, einsam, grau. Ich gehe nach Israel, Vater, sagte Adolf. Ich werde Jude, wie du. Der Vater hob den Kopf, sah ihn an. Seine Augen wurden hart, aber Adolf hielt den Blick aus. Der Vater stand auf, ging an seinen Schreibtisch, griff etwas aus seinen Papieren, hielt es Adolf hin. Das Photo, das er ihm schon einmal gezeigt hatte. Eichmann, in SS-Uniform. Du wirst ihn nicht verraten, sagte der Vater. Und mich verrätst du auch nicht. Du gehst nach Deutschland! Außer sich vor Entsetzen riss Adolf seinem Vater das Photo aus der Hand, zerfetzte es und ließ die Fetzen zu Boden fallen. Der Vater sprang vor, schlug Adolf ins Gesicht. Der taumelte zurück, Tränen schossen ihm in die Augen. Du bist der Verräter!, schrie er. Du bist es doch! Und dann warf er seinem Vater alles an den Kopf, was in ihm arbeitete seit dem Tag, an dem der Geschichtslehrer aufgedeckt hatte, wer Eichmann war.
Der Vater wurde blass, mit starrem Blick schaute er an seinem Sohn vorbei zur Wand, und als Adolf endlich schwieg, gab er ihm nur ein einziges Wort zurück: Lügen.
Am nächsten Tag wies der Vater ihn aus dem Haus. Adolf fand Unterschlupf in der Familie eines Freundes, verdingte sich als Hilfsarbeiter, sparte, und als er genug Geld beisammen hatte, packte er seine Koffer, nahm seine Geige und fuhr nach Israel. Er änderte seinen Vornamen, nannte sich

Moshe, arbeitete in einem Kibbuz, wurde später Musiker und gründete ein Streichquartett, für das er auch Stücke schrieb. Er lebte als Jude, fühlte sich als Jude. Einer aus dem Volk von Priestern, das die Juden sein sollen. Dennoch anders als die andern. Anders, weil er Jude war aus Protest.

Du bist das?
So stumm waren die beiden auf dem Sofa geblieben während meiner Erzählung, dass ich zunächst glaubte, die Frage hätte ich mir selbst gestellt. Aber es war Ben. Schmerzhaft sachlich fragte er, keine Spur von Erschrecken, Erschütterung, Mitgefühl – die Frage klang, als wollte er bloß eine beiläufige Vermutung bestätigt haben.
Ich bin eben kein Nagar. Die Wärme, die Nachgiebigkeit seines Fabulierens geht mir ab, der Überschuss, der zum Zwinkern, zum Dazwischengehen einlädt und Unglauben gelassen erträgt. Dafür ist meine Geschichte zu wirklich. Zu deutsch.
Du bist das?

Ja. Ich bin das, Ben. Ich bin Adolf Schneider. Oder bin es gewesen. Meine Wurzeln habe ich weggeschnitten damals. Die Mutter war schon gestorben, als ich nach Israel fuhr, mein Vater existierte für mich nicht mehr, jeden Kontakt zu meinen Verwandten brach ich ab. Meine Herkunft war gelöscht. Und dasselbe galt für Eichmann.
Dann kam der 23. Mai 1960, der Tag, an dem Ben Gurion in der Knesset verkündete: Wir haben Eichmann gefangen. Die Nachricht traf mich wie ein Schock. Ich war stillschweigend davon ausgegangen, dass er tot sei, Gift genommen

hatte wie Himmler oder Göring, sich erschossen hatte wie Günther, sein ständiger Vertreter, oder in den letzten Kriegstagen umgekommen war wie Heinrich Müller, sein Chef im Amt IV. Und jetzt war er hier, in diesem Land, das ich zu meinem gemacht hatte! Als sei er gekommen, mich zu holen. Mich, den Mann, der seine Existenz ihm verdankte, dessen Zeugung er befohlen hatte, damit ein verdorbener Baum wieder gute Früchte trage, und der so gründlich zum Verräter geworden war an seiner Sache, der deutschen Sache.

Eichmann lebte, Eichmann war in Israel. Das ließ sich nicht ändern. Diesmal war er kein Photo, das ich zerfetzen konnte. Diesmal war er leibhaftig da. Ich musste mich ihm stellen. Ich musste diesen Menschen sehen, begreifen, erfassen. Du musst ihn schlucken, dachte ich, und du musst ihn verdauen. Dann wirst du ihn ausscheiden, ohne Rest wird er deinen Körper verlassen.

Ich las jeden Zeitungsartikel, der über ihn erschien, legte mir Mappen an, kaufte Bücher, in denen die Vernichtung belegt wurde, *Die Endlösung* von Gerald Reitlinger, *Das Dritte Reich und die Juden* von Poliakov/Wulf, und fieberte dem Beginn seines Prozesses entgegen, dem Moment, in dem ich diesem Mann Auge in Auge gegenüberstehen würde.

Am ersten Prozesstag saß ich auf der Galerie, zu weit weg, um Eichmann gut zu sehen. Also ging ich früher hin, immer früher, bis ich zu den ersten gehörte, die vor dem Beit Ha'am standen, und einen Platz in der vordersten Reihe bekam, so nah am Glaskasten wie möglich. Ich studierte Eichmann Tag für Tag, seinen Tic, seine Haltung, seine Art zu reden, seine Miene, wenn er zuhörte. Vor allem aber be-

trachtete ich seine Hände, die ständig in Bewegung waren, große, dennoch seltsam feine Hände, Hände, die glücklich schienen, wenn sie in Akten blättern konnten, die über das Papier glitten, wenn Eichmann sich etwas notierte, als sei der Stift ihre natürliche Fortsetzung.
Und niemals konnte ich diese Hände anschauen, ohne daran zu denken, was mein Vater gesagt hatte, als er mich zum ersten und, ich glaube, einzigen Mal in meinem Leben umarmte:
Noch immer spüre ich seine Hand in meiner, Junge.
Seine Hand. Eichmanns Hand.

Weiter kann ich nicht. Weiter bin ich nie gekommen, als bis zu Eichmanns Hand.

Kein Wort sagen die beiden, Ben, mein alter Freund aus Kibbuz-Tagen, und Nagar, der auch ein Freund geworden ist. Kein Trost, keine Verdammung. Mein Blick tastet sich durch die Stille, die mir in den Ohren gellt, vorbei an ihren Köpfen, zum Fenster, das nichts Neues zeigt. Die Welt ist nicht zusammengebrochen, was hatte ich auch erwartet, unverändert hässlich die immergleichen Dächer der Häuser gegenüber, schwarz und grau gescheckt von Satellitenschüsseln. Schwämme sind das, die alles aufsaugen, Trichter, in die sich ergießt, was durch den Äther treibt, das Belanglose wie das Entscheidende. Alle, das ist mir bisher nie aufgefallen, sind auf meine Wohnung gerichtet.

Ich will euch eine Geschichte erzählen.
Nagar hat die Sprache wiedergefunden. Vielleicht hat er

auch nur gewartet, ein paar Minuten verstreichen lassen nach meinem letzten Wort, aus Höflichkeit.
Eichmanns Hände waren glücklich, hast du gesagt. Feine Hände, hast du auch gesagt. Er hat dich getäuscht, Moshe. Alle hat er getäuscht. Ich will euch eine Geschichte erzählen.

Eichmanns Hände also. Kein Wort über Moshe und Moshes Vater. Hat Nagar mir zugehört? Hat er verstanden, wer, was ich bin? Oder hat er gedämmert, geträumt während meiner Enthüllungen und nur die letzten Sätze aufgeschnappt, an die er anknüpft, ungerührt wie eine Maschine? Eine Erzählmaschine, die mit Beliebigem gefüttert werden kann, der man geben kann, was man will, heraus kommt Eichmann, Nagars Eichmann? Es war mir egal in diesem Moment. Ich war sogar dankbar dafür, dass er meine Geschichte, Eichmanns Moshe, gleich wieder zudeckte, verhängte wie ein Bild, das zweiten, dritten Blicken nicht standhalten könnte.

Als Eichmann nach Argentinien kam, hat er viele alte Kameraden wiedergetroffen, wisst ihr. Sie hatten neue Namen, neue Berufe, aber sie waren Deutsche geblieben. Nazis. Sie hatten Clubs, da trafen sie sich. Wenn etwas ganz Wichtiges zu bereden war, haben sie sich zu Hause besucht. Da waren sie geschützter, aber es war auch gefährlich. Auf ihre Frauen konnten sie sich verlassen, nur was war mit den Kindern? Ein falsches Wort zu den Nachbarn, in der Schule –
Wie meinst du: falsches Wort?
Die Namen meine ich, Ben. Wenn sie unter sich waren, haben sie natürlich ihre richtigen Namen benutzt. Eichmann

war Eichmann, Mengele Mengele. Und jetzt stell dir vor, Eichmanns Söhne laufen durch die Gegend und sagen, gestern war Mengele bei uns! Das durfte nicht passieren, die Geheimdienste lauerten ja überall. Also hat Eichmann Vorsorge getroffen. War ein Besuch angekündigt, hat er seine Söhne antreten lassen, in Reih und Glied. Passt auf, hat er gesagt, heute Abend kommt Besuch, und davon dürft ihr niemandem etwas erzählen, verstanden? Und dann hat er jedem eine saftige Ohrfeige verpasst. Wenn ein Nazi kam, kriegten die Söhne Ohrfeigen! Damit sie gleich wussten, wo es langgeht.
Und, hat es gewirkt?
Was glaubst du? Eichmanns Methoden, die waren wirksam. Als der Prozess lief, haben Reporter seinen ältesten Sohn aufgespürt und ihn gefragt, wer denn alles bei ihnen zu Hause gewesen sei. Der Sohn hat gesagt, an die Besucher erinnert er sich nicht. Nur an die Ohrfeigen. Die fühlt er noch heute, hat er gesagt. Eichmann hatte –
Genug, Shalom. Ich glaube, wir sollten gehen. Moshe sieht müde aus.
Nein, warte, Ben. Ich will die Geschichte zu Ende erzählen. Eichmann hatte die Ohrfeigen-Methode vorher schon ausprobiert, in Österreich, wie heißt die Hauptstadt –
Wien.
In Wien, ja. Die Deutschen hatten die jüdische Gemeinde dort aufgelöst und die Leiter der Gemeinde ins Gefängnis gesteckt. Eichmann hat gesagt, das geht nicht, er braucht die Gemeinde, sonst funktioniert das nicht. Die Männer sind also aus dem Gefängnis gekommen, Eichmann hat mit ihnen geredet, und dann hat er sich einen ausgesucht,

Dr. Löwenherz, einen Rechtsanwalt. Sie leiten jetzt die Gemeinde, Löwenherz, hat er gesagt. Sie sind verantwortlich. Als erstes schreiben Sie mir die Namen aller Juden hier in Wien auf. Aber kein Wort zu irgendjemandem, verstanden? Und dann hat er ihm eine Ohrfeige verpasst.
Er war ein Schwein.
Er ist böse, Ben. Seine Hände sind böse. Später, beim Prozess, hat er die Sache anders erzählt. Er hat Dr. Löwenherz etwas gefragt, sagt er, und Dr. Löwenherz hat die falsche Antwort gegeben. Darüber war Eichmann wütend, und deshalb hat er ihm, in der Unbeherrschtheit des Zorns, wie er das nennt, die Ohrfeige gegeben. Keine Ohrfeige, die weh tat, sagt er, denn über solche Schlagwerkzeuge verfüge ich nicht, nur eine kleine, klitzekleine Ohrfeige. Trotzdem habe ihm das sehr leid getan. Entschuldigt will er sich haben bei Dr. Löwenherz, offiziell, in Uniform, vor seinen Mitarbeitern.
Er hat alle getäuscht. Seine Macht versteckt er. Wer seine Hände sieht, soll denken, was Moshe gedacht hat: feine Hände, Aktenhände. Keine Schlagwerkzeuge. Aber er ist stark! Auf seinem Arm, hier, an der Innenseite, stand eine Kombination, Zahlen und Buchstaben. Mit IV B 4 fing sie an, das war Eichmanns Dienststelle, und dahinter kamen weitere Buchstaben und Zahlen und Striche. IV B 4a Strich 2093 Schrägstrich – weiter weiß ich nicht mehr. Das war sein Zeichen. Das Transportsignal! Wenn irgendwo ein Judentransport stattfand, kam Eichmann vorbei, krempelte den Ärmel hoch und drückte seinen Arm auf die Waggons. Er hat sie gestempelt mit seinem Arm: IV B 4a Strich 2093 –
Du meinst, markiert hat er die Waggons? Mit Kreide?

Mit seinem Arm! Kreide braucht er nicht. Er hat – es war eine Übertragung.
Eichmann, der Zauberer.
Es war das Zeichen, Ben. Er war der Meister. Sein Arm hatte die Macht. Waren alle Waggons gestempelt, fuhren die Züge ab. Keiner konnte sie aufhalten! Nie ist mir ein Zug zurückgeschickt worden, hat Eichmann gesagt. Darauf ist er stolz. Später, nach dem Krieg, hat er sich das Zeichen herausgebrannt, mit Zigaretten. Ich habe die Narbe gesehen, sie läuft über den ganzen Unterarm. Aber im Gefängnis hat man nichts davon bemerkt.
Von der Narbe?
Davon, wie stark er war. Immer sanft, immer höflich, bitte, wenn ich bitten dürfte, gracias, gracias, nie ist er laut geworden, nie hat er die Hand gegen einen von uns erhoben. Wir hatten ja keine Waffen. Kein Wächter durfte eine Waffe haben. Was wäre gewesen, wenn Eichmann mich in der Zelle angegriffen hätte? Mit seinen Händen? Der Kollege, der auf der anderen Seite der Zellentür saß, hätte mir nicht helfen können. Er hatte zwar den Schlüssel, aber die Türen waren ja nur von innen zu öffnen. Wie eine Maus hätte Eichmann mich gefressen. Aber er hat nichts gemacht. Nie. Ich dachte, sie haben einen Heiligen gefangen.

Spätschicht

Wieder wird Nagar die Nacht des Gefangenen teilen. Eine Nacht ohne Dunkelheit, vierundzwanzig Stunden brennt das Licht in der Zelle, die dennoch voll Schatten ist, obwohl der Gefangene schläft wie ein Kind, lautlos, frei von Unruhe, frei auch von Schuld, die Lüge seines Schlafs, die Nagar teilen muss.
Tief seufzend knöpft er die Jacke seiner Uniform zu. Ora schaut ihn an, ihr Lächeln, die kleinen, aufmunternden Gesten zeigen, dass sie nicht weiß, was ihren Mann beschäftigt. Ihm ist das recht.
Als Nagar zwei Stunden später die Zelle betritt, kontrolliert der Gefangene die Zeit, legt den Stift aus der Hand und löst das Armband seiner Uhr. Er steht auf, schiebt den Stuhl an den Tisch, geht zum Bett. Der übliche Griff unter die Decke, die paar Schritte zurück zum Tisch. Seine Bewegungen sind geschmeidig, die Haltung tadellos. Den Schlafanzug, akkurat gefaltet wie immer, legt er auf den Tisch, neben die Seiten, die er heute beschrieben hat, streicht, als gälte es Zeit zu gewinnen, über den dünnen Baumwollstoff, die Knopfleiste, rückt den Kragen gerade, der schon gerade war, legt die Brille ab, wendet sich zur Wand, zieht die Strickjacke aus, das Hemd, das Unterhemd. Nagar verschließt die Augen vor dem nackten Rücken,

presst die Lider zusammen, filtert dieses fahle Weiß durch die Wimpern, diese Haut, die kein Sonnenstrahl mehr trifft, deutsche Haut, so wehrlos schimmernd, unbegreiflich.
Wessen Rücken ist das? Was weiß Nagar denn. Er spürt einen Menschen, eine Grenze, denkt er, die man sichern muss.
Der Gefangene öffnet den Bund seiner Hose. Nagar unterdrückt den Impuls, den Kopf zu senken, wegschauen ist ihm nicht erlaubt, fixiert aber die Wand statt des entblößten Körpers, aus Anstand, verbotener Solidarität von Mann zu Mann. Strafft betont das Kreuz, während der Gefangene den Schlafanzug überstreift, verlagert sein Gewicht auf dem harten Stuhl, unruhig, bis der andere sich eingerichtet hat unter der Wolldecke, das Gesicht der Wand zugekehrt, wie immer, als lasse er alles hinter sich, Zelle und Gefängnis und Nagar, seinen Wärter. Als könnte der Mensch sich augenblicklich in den Schlaf befehlen. Dieser kann es. Sein Bewusstsein gehorcht.
Nagar dreht den Kopf, sucht den Blick des Kollegen hinter der Zellentür, nickt ihm zu, geht wieder in Wachposition. Die nun vollendete Stille des Raums dringt in ihn ein, er kennt das. Eine Stille, die zeitlos ist, die Zeit lässt. Zeit für außerdienstliche Gedanken, Zeit für Fragen, die kein Staatsanwalt stellt.
Fast lautlos schläft der Gefangene, kaum

merklich hebt und senkt sich die eckige Schulter. Verwirrt bemerkt Nagar, dass die Atemzüge des Gefangenen seine werden; er passt sich dessen Schlaf an, dessen Frieden.
Kann so einer Frieden finden?
Im Schlaf, heißt es, trägt der Mensch keine Maske. Im Schlaf kontrolliert er sich nicht, legt die Haltung ab wie die Brille oder sein Hemd. Was würde Nagar sehen, ginge er die drei Schritte zum Bett, beugte sich über den Gefangenen, so lautlos wie möglich, so weit, wie seine Korpulenz es gestattet?
Nagar bleibt sitzen. Er traut dem Schlaf nicht, will auch nicht glauben, dass der Gefangene, der ihm so Vertraute, Maske ist, fürchtet, in die vor Wut und Rachsucht verzerrte Fratze eines Massenmörders zu blicken, fürchtet noch mehr, ruhige Züge zu sehen, ein Gesicht, das nichts zeigt außer Ergebenheit und Erschöpfung.
Nagar bleibt sitzen. Was macht Ora jetzt? Zeitung lesen? Der Kleine wird längst schlafen, träumen. Manchmal ruft er im Schlaf, sie wissen nicht, wen. Nagar denkt daran, dass auch der Gefangene Söhne hat, der jüngste nur ein paar Jahre älter als sein eigener. Hört auf zu denken. Nach und nach passt sein Atemrhythmus sich wieder dem des Gefangenen an. Stunden vergehen.
Irgendwann schreckt er hoch, im angrenzenden Raum wird es unruhig. Wachablösung. Nagar hört

Gemurmel, unterdrücktes Lachen, im Gang werden sie Witze erzählt haben, Zoten vermutlich oder wieder Unglaubliches aus dem Leben des Gefangenen. In der letzten Woche hatte die Hühnergeschichte die Runde gemacht. Der Gefangene, hieß es, habe sich nach dem Krieg auch als Geflügelzüchter versucht. Zuerst sei er überhaupt nicht zurechtgekommen, die Tiere hätten sich herumgetrieben, ihre Eier dort gelegt, wo er sie nicht fand, und seine geduldigen Versuche, sie mit putt, putt, putt zu locken, ignoriert. Daraufhin habe er ein kleines Gehege gebaut, die Hühner hineingesperrt und sie so lange gedrillt, bis er sie mit Pfiffen dirigieren konnte. Pfiff er auf zwei Fingern, trat das Geflügel an, in Reih und Glied. Und die Eier hätten sie nur noch in einem von ihm markierten Bereich abgelegt.
Der Schlüssel wird durch die Klappe der Tür gereicht. Nagar steht auf, versucht zu vermeiden, dass der Stuhl knackt, es gelingt, aber der Schlüssel ruckt im Schloss, der Riegel schabt über das Metall, die schwere Tür knirscht in den Angeln. Alles zu laut. Hier schläft doch einer! Als die Tür sich endlich öffnet, hört das Gemurmel draußen auf, der Kollege tritt herein, zu laut, nickt ihm zu, und weil Nagar nicht reagiert, nimmt der Kollege ihm den Schlüssel aus der Hand, packt ihn am Arm, schiebt ihn sanft, aber entschieden aus dem Raum.

Nagar fühlt sich zurechtgewiesen, schämt sich auch für die Nähe zwischen ihm und dem Schlafenden, schämt sich, dass er sich schämen soll.

Hinter Glas

Zwölftausend Kilometer entfernt steigt zur selben Zeit eine Frau in eine Passagiermaschine. Es ist ihr erster Flug. In der großen Handtasche, die sie ununterbrochen an sich drückt, liegen die Dokumente, die man ihr zugeschickt hat, Reisepass und Visum, auf einen fremden Namen ausgestellt. Angewiesen, Kontakte zu Mitreisenden zu vermeiden, schließt die Frau die Augen und überlässt sich dem Sturzflug ihrer Gedanken. Einen Nachmittag, eine Nacht darf sie bleiben. Am Morgen des folgenden Tages wird sie das fremde Land schon wieder verlassen haben. Nach der Landung muss sie warten, bis alle Fluggäste ausgestiegen sind. Ein paar Minuten ist sie allein in der Maschine, dann kommen zwei Beamte, gehen die Sitzreihen entlang, bleiben vor ihr stehen, einer der beiden sagt leise ihren Namen. Sie steht auf, die Männer geleiten sie zu einem Wagen. Von der Fahrt behält sie nichts im Gedächtnis, kaum blickt sie hinaus, die Menschen draußen, die Landschaft, die Häuser, die an ihr vorüberziehen, interessieren sie nicht.

Nagar sitzt in der Zelle, beide Hände auf die Oberschenkel gestützt. Ihm gegenüber sitzt der Gefangene am Tisch und tut, was er seit Wochen tut. Er schreibt. Nagar hört die Tür im Vorraum, dann Stimmen, eine Anordnung wird gegeben, die

der Kollege ihm durch die vergitterte Klappe übermittelt: Aquarium.
Ins Besprechungszimmer also. Seit der Urteilsverkündung sind die Wächter dazu übergegangen, die Anweisungen des Gefängnisdirektors untereinander in saloppem Ton weiterzugeben, als käme es auf die Form nun nicht mehr an. Das Besprechungszimmer ist ein vom Vorraum abgetrennter Bereich, zwei mal drei Meter, aus dem eine bis zur Decke reichende, massive Glasscheibe zwei kugelsichere, schalldichte Kammern macht. An dem hölzernen Unterbau der Scheibe sind auf beiden Seiten schmale Tischplatten montiert, darauf Mikrophone und Kopfhörer. Solange die Gegensprechanlage nicht freigeschaltet ist, können Besucher und Gefangener sich, stumm wie Fische, nicht verständigen.
Als Nagar den Gefangenen in den Raum führt, fällt Nachmittagslicht durch den schmalen Belüftungsschacht der rückwärtigen Mauer, streut über die Scheibe, wird reflektiert wie von einem Spiegel. Nur eine Silhouette zeichnet sich ab hinter dem Glas. Der Gefangene zuckt zusammen, bleibt stehen, erstarrt. Verweigert er den Befehl? Nein, als er Nagars Hand an der Schulter spürt, geht er die zwei Schritte bis zur Glaswand. Jetzt sieht man: Der Besucher ist eine Frau, schlichtes dunkles Kleid, klein und füllig, mütterlicher Typ. Hastig, wie um den

versäumten Augenblick nachzuholen, setzt der Gefangene sich auf seinen Stuhl, stülpt die Kopfhörer über die Ohren. Als er das Mikrophon näherzieht und sich darüber beugt, fehlen ihm die Worte. Zum ersten Mal, seit Nagar ihn kennt. Mitleid? Vielleicht. Ja doch, Nagar empfindet Mitleid in diesem Moment. Zwei Jahre Einsamkeit liegen hinter dem Gefangenen, zwei Jahre im Objektiv dienstlicher, allenfalls korrekter, oft genug feindlicher Augen. Zwei Jahre ohne eine einzige absichtslose, selbstvergessen zärtliche Berührung. Zwei Jahre ohne seine Ehefrau, die ihm nun gegenübersitzt, denn niemand anders kann die Besucherin sein.
Keiner hier wusste, dass sie kommt, selbst der Gefängnisdirektor hat erst vor kurzem von ihrer Ankunft erfahren. Aus Argentinien. Zwei Menschen, zwei Kontinente, zwischen ihren Küsten der atlantische Ozean. Jetzt sitzt sie vor dem Gefangenen, zum Greifen nah. Sein Wunsch nach einem Händedruck, einer Umarmung, einem Kuss, sei es auch unter den Augen der Wächter, muss übermächtig sein. Erfüllen kann er sich nicht. Ihr Flugzeug hat die Wasser der Meere überquert, hier aber haben sie sich aufgerichtet wie vor dem Pharao und seinen Streitwagen, kristallisieren in der Scheibe, mit der man den Raum getrennt hat, mitten hindurch. Diesmal schmerzt das Glas.

Um etwas von der Unterhaltung zu erahnen, die die beiden schließlich beginnen, studiert Nagar die Stimme des Verurteilten. Kein Offizierston wie im Gerichtssaal, stattdessen ein regelmäßiges Heben und Senken, milde, besänftigende, beruhigende Klänge. Dass es ihm den Verhältnissen entsprechend gut gehe, scheint er zu sagen, dass er gesund sei und die Hoffnung auf eine Wende seines Schicksals nicht aufgegeben habe. Wenn er das sagt, dann ihr zuliebe, denkt Nagar.

Die Frau nickt und knetet die Lederbügel ihrer Handtasche. Nach einiger Zeit öffnet sie die Tasche, zieht einen Stapel Photographien heraus. Ein fragender Blick über die Schulter, die beiden Wächter hinter ihr haben keine Einwände. Nacheinander hebt sie die Bilder ans Glas. Nagar beugt sich vor, um auch sehen zu können, was sie zeigen. Ein Haus mit Flachdach, halb verputzt, als sei es noch im Bau, ein etwas verwildert wirkendes Grundstück. Drei junge Männer, sicherlich die Söhne des Gefangenen. Sie ähneln dem Vater, findet Nagar. Zuletzt ein kleiner Junge.

Er sitzt auf einem Mauervorsprung hinter einem Maschendrahtzaun, an dem er sich festhält, schaut mit großen Augen hindurch, am Betrachter vorbei. Im Hintergrund sieht man das Haus, die Frau steht davor, hebt eine Hand, man weiß nicht, ob zum Gruß oder um den Kleinen zurückzurufen. Zwischen Zaun und Haus ist tiefes Gelände, in dem Wasser steht, ein Sumpf, so scheint es, erst in Teilen trockengelegt. Lange muss die Frau das Bild halten. Der Gefangene studiert es eingehend. Seinen Jüngsten erkennt er kaum wieder.

Gegen Ende der Besuchszeit wendet die Frau sich ein zweites Mal nach hinten, fragt etwas, gestikuliert mit den Händen, zeigt auf die Hose, die Schuhe eines der Wächter. Es dauert eine Weile, dann versteht der Kollege, geht zum Mikrophon, deutet auf die Kopfhörer des Gefangenen, auf Nagar. Der Gefangene erhebt sich, gibt Nagar die Kopfhörer, der Kollege übermittelt den Wunsch: Sie möchte ihren Mann von oben bis unten sehen, will sicher sein, dass seine Hose, seine Schuhe in Ordnung sind. Nagar ist einen Moment lang ratlos, schließlich zieht er den Stuhl ein wenig zurück, in die Mitte der Kammer. Der Gefangene hat schon verstanden, steigt auf den Stuhl, verlegen lächelnd. Lässt sich mustern vom Scheitel bis zur Sohle. Fängt den empörten Blick seiner Frau auf, als sie die Hausschuhe an seinen Füßen bemerkt. Karierte Filzhausschuhe, mit Reißverschluss. Sicherlich hat sie keine Stiefel erwartet, die Zeiten des Obersturmbannführers sind vorbei, aber Hausschuhe? So etwas trägt ein Mann, wenn überhaupt, im heimischen Wohnzimmer, nach Feierabend, nicht in der Öffentlichkeit, unter den Augen anderer. Hier ist weder sein Heim, noch ist Feierabend. Oder eben doch, denkt Nagar.

Vielleicht denkt die Frau dasselbe. Nagar sieht, dass ihr jetzt die Tränen kommen. Sie wendet sich ab, um ihr Schluchzen zu verbergen. Der Gefangene ist vom Stuhl gestiegen, steht vor der Glaswand. Seine Frau wischt sich noch einmal über die Augen, dann erhebt auch sie sich, legt stumm ihre flache Hand gegen die Scheibe. Sicher wünscht sie, er erwiderte den Gruß, sicher weiß sie auch, dass er es nicht tun wird.

Auf Wiedersehen, sagt er. Sagt es mit Nachdruck. Legt die Zukunft hinein, die sie braucht.

Ben hat gesagt, du schreibst wieder, Moshe?
Ja.
Was schreibst du?
Gerade habe ich über den Tag geschrieben, an dem Eichmanns Frau ins Gefängnis kam.
Ich habe sie gesehen, die Frau. Sie tat mir leid.
Weil ihr Mann sterben musste?
Nein, weil Eichmann eine andere geliebt hat.
Eine? Du hast uns doch erzählt, dass er viele Geliebte hatte, Shalom. Die weiße Dame, die junge Witwe, die Gutsbesitzerin, die Köchin.
Die meine ich nicht, Ben. Nicht die Geliebten. Das war nichts. Ich meine seine wirkliche Liebe. Eine Wüstenprinzessin.
Wüstenprinzessin! Wirkliche Liebe! Erzählst du uns Märchen? Hast du schon mal von Eichmanns Wüstenprinzessin gehört, Moshe? Nein? Moshe kennt die Geschichte auch nicht, Shalom. Und er weiß, was Eichmann geschrieben hat.
Aufgeschrieben hat Eichmann die Geschichte nicht, Ben. Sie ist seine Privatangelegenheit. Nur mir hat er sie erzählt.
Wann?
Ich weiß nicht. Irgendwann.
Wo, in der Zelle?
Nein, nicht da.
Auf der Toilette ja wohl auch nicht. Da hat er doch immer das Wasser laufen lassen. Du hättest ja nichts verstanden.
Nicht im Gefängnis. Später.
In deinen Träumen?
Es ist eine wahre Geschichte, Ben. Nach dem Krieg war das, Eichmann lebte allein, ohne seine Familie –

In Argentinien?
Er sagt: im Bezirk. Es war eine Wüste. Eichmann lebte allein da, nur sein Pferd hatte er bei sich, einen Schimmel. Der Bezirk war Besatzungsgebiet gewesen, aber als Eichmann dorthin kam, waren die Soldaten verschwunden. Keinem Menschen ist er begegnet, keinem lebenden, keinem toten.
Doch, seiner Prinzessin.
Wenn die ein Mensch war.
Was sonst, ein Geist?
Lass mich erzählen. Eichmann ritt durch die Wüste, von einem Soldatenschloss zum andern. Das waren Schlösser, die die Besatzer gebaut hatten, aufgereiht wie Perlen auf der Schnur, jedes drei Tagesritte vom nächsten entfernt. Mächtige Anwesen, sagt Eichmann, abweisend und herrisch, die hohen Fenster blind vom Sand, der sie zerschliffen hatte, auch in den Fluren und Sälen Sand, Sand überall, der die Böden bedeckte, knöchelhoch. Meistens verließ ich die Schlösser wieder –
Du?
Eichmann!
Warum sagst du dann: ich?
Weil ich euch erzähle, wie Eichmann mir erzählt! Es sind seine Worte. Meistens verließ ich die Schlösser wieder, sagt er, nachdem ich sie inspiziert hatte, ritt weiter und lagerte in der freien Gegend, ausgeglichenen Sinns, das Pferd neben mir und über mir den Kosmos in seinem höchsten Gleichmaß, an das nichts reichen konnte hier auf der Erde.
An diesem Tag aber hatte ich mich verloren gehabt in den Gängen und Treppen und Flügeln des Baus, es war eine weiträumige Anlage gewesen, kaum zerstört, in manchem

Zimmer hatte ich geglaubt, noch den Atem der Besatzer spüren zu können und mir den Offizier vorgestellt, wie er Mantel und Jacke auszog, die ich am Haken hängen sah, sich den Sand aus den Augen wischte und Platz nahm am Schreibtisch und die Beine wegstreckte. Ich hatte mein Lager im Innenhof ausgebreitet, am Brunnen, der mich, ich möchte sagen, mit Zauberhand anzog, weil sein schweres und ruhiges Wasser einen Himmel spiegelte, den ich gar nicht über mir sah, den es nicht mehr gab, nie gegeben hatte vielleicht. Und als ich mich auszog und wusch, war dann die Frau gekommen, lautlos stand sie da mit einem Mal, sah mich an aus tiefen dunklen Augen, öffnete ihr Haar und trocknete meinen Leib mit ihren langen schwarzen Locken. Die ganze Nacht blieb sie bei mir, im Morgengrauen verschwand sie.

Auch am nächsten Tag war sie gekommen, dann einige Tage nicht, dann war sie wieder da, und so ging es weiter, nie fand ich heraus, welcher Regel sie folgte und ob überhaupt einer. Aber ich hatte gewartet, bis sie kam, war im Hof dieses Schlosses geblieben, das sie anzuziehen schien, in dem sie vielleicht gewohnt, gedient, geherrscht hatte irgendwann, ich wusste es nicht.

Sicher war nur, dass sie ein Tier bei sich hatte, wenn sie kam. Sie folgten ihr, die Tiere, wie vom Wind hergetragen und an ihren leichten, raschen Schritt geheftet. Waldtiere waren es, ein Käuzchen, graugefiedert mit schwarzen Flügelspitzen, das lautlos Kreise zog um sie, ein Wiesel, das sie sich um den Hals legte wie einen Schal, ein Fuchs, der ihr die Fersen leckte und mit dem Schwanz ihre schlanken Waden bestrich.

So erzählt er das? Er ist ein Dichter, dein Eichmann.
Es ist seine wichtigste Geschichte, Ben. Er gibt sich Mühe, wenn er sie erzählt.
Und du weißt sie auswendig.
Jedes Wort. Jedes Wort weiß ich. Mich hatte das staunen lassen, sagt er. Ich konnte nicht begreifen, wo die Tiere herkamen und dass die Wüste sie hatte gebären können, gab es doch nirgendwo Wald im Bezirk oder Waldähnliches. Als wir aber beieinander lagen, die Frau und ich, als sie mir in den Arm glitt und mein Gesicht in ihr Haar tauchte, hatte ich die Antwort gefunden. Walddüfte wehten aus ihren Locken, Fichten- und Zedernnadeln, Moos, durchwurzelte Erde, und auf ihrer Haut glitzerten grüngoldene Strahlen wie von einer Sonne, die durch Geäst von Laub- und Nadelbäumen bricht. Da hatte ich begriffen, dass sie den Wald in sich trug und die Waldtiere auch, und nicht nur den Wald, dachte ich. Alle Landschaften trägt sie in sich, Steppen und Seen und Küsten, tiefste Täler und die äußersten steinernen Gipfel.
Ein Dichter. Wer hätte das gedacht. Ich glaube dir kein Wort, Shalom. Woher du die Geschichte hast, weiß ich nicht, aber Eichmann hat sie dir bestimmt nicht erzählt.
Doch hat er! Oft.
Eichmann war ein Nazi, Shalom. Kein Dichter. Er hat Juden in Züge gesteckt, damit sie vergast werden.
Im Krieg, ja. Aber im Bezirk war er danach!
Und so hat er sich verändert?
Verändert – er hat sich nicht verändert. Er war ein Deutscher, er war böse. Auch im Bezirk war er böse.
So, wie du erzählst, war er nur einsam, Shalom. So einsam,

dass er sich eine Frau ausgedacht hat, die ihn mit ihren Haaren abtrocknet und bei ihm liegt. Und ihr Körper ist die Welt für ihn.
Nicht ausgedacht! Die Frau gibt es.
Die Wüstenprinzessin, die ihn geliebt hat, obwohl er böse ist?
Wenn Eichmann an der Stelle ist, die ich gerade erzählt habe, wenn er sagt, dass die Frau den Wald in sich hatte und alle anderen Landschaften auch, macht er jedesmal eine Pause, Ben. Er sieht mich an, so, von der Seite, und wartet. Er will, dass ich die Frau sehe, glaube ich. Fühlen, riechen soll ich sie, erkennen, dass sie alle Frauen ist.
Eva?
Ich weiß nicht. Vielleicht. Vielleicht auch eine andere. Eines Tages, sagt Eichmann, war die Frau mit einem jungen Wolf gekommen, der sie dann nicht mehr verließ. Sie hatte ihn auf den Armen getragen zuerst, weil er zu schwach war zum Laufen, krank oder verletzt, und als er langsam auf die Beine kam, hinkte er und schwankte bei jedem Versuch, der Frau zu folgen. Sie pflegte ihn mit Hingabe und ließ ihn nachts neben sich schlafen, eng an ihren Leib geschmiegt, während ich Abstand halten musste. Und sie sprach auf ihn ein, zärtlich und liebevoll, sagte immer wieder dasselbe Wort: Habibi. Habibi, Habibi, sanft klang das, wie entferntes Glockenspiel. Ich war überrascht gewesen und, das muss ich gestehen, auch neidisch, denn nie hatte sie ein Wort zu mir gesagt gehabt, ich hatte sie stumm und taub geglaubt und war damit zufrieden gewesen, weil wir einander ja nicht verstanden hätten, die Sprache des Bezirks war mir unzugänglich und ihr die meine auch.

Habibi, ich knobelte mir aus, was das Wort bedeuten könnte. Möglich, dass es einfach Wolf hieß, möglich auch, wegen des zarten Ausdrucks, den die Frau hineinlegte, Wölflein, oder, das war ein anderer Gedanke, Liebling. Ich wollte nicht, dass die Frau mit dem Wolf redet, der ja gar nicht verstehen und nicht antworten konnte. Mich sollte sie streicheln mit Worten, den Mann, den sie sich ausgewählt hatte in freier Entscheidung.
Eichmann hat ihr dann deutsche Worte zugeflüstert, als sie beieinander lagen, aber sie lächelte nur, sagt er, und schwieg und legte ihm den Finger auf den Mund.
Eichmann war eifersüchtig? Auf den Wolf?
Eifersüchtig nicht. Alles Lebendige muss die Ordnung achten, sagt er. Es gibt Höheres und Niederes, Mensch und Tier, da sind Grenzen gezogen, die keiner überschreiten darf. Der Wolf hielt sich nicht daran. Er beanspruchte die Frau, sagt Eichmann, bewachte sie und wollte mich kaum noch in ihre Nähe lassen, tagsüber nicht und auch nicht bei Nacht. Die Frau ließ ihn gewähren, aber bei mir war der Bart ab, sagt Eichmann. Und dann sind ihm eines Tages, in der Unbeherrschtheit des Zorns, sagt er, die Pferde durchgegangen. Der Wolf war ihm gefolgt in einen Flügel des Schlosses und hatte geknurrt an der Tür und seine Zähne gezeigt. Daraufhin hat er ihm mit dem Stiefel einen Tritt versetzt, nicht fest, sagt er, nur energisch. Aber der Wolf ist niedergestürzt und liegengeblieben, reglos, auf den mit feinem Sand überzogenen Fliesen aus mattschwarzem Stein. Und plötzlich, sagt Eichmann, war die Frau im Raum, kniete neben dem Tier, flüsterte Habibi, bedeckte seine Augen mit Küssen. Und dann hat sie zu klagen begonnen. Er sagt: Wie ein Ruf klang

ihre Klage, ein Rufen zwischen Mensch und Getier, ein rauer, langgezogener, an- und abschwellender Ton, vielleicht war es, dachte ich, und der Gedanke fuhr mir tief in die Knochen, die Klage des Lebens, vielleicht klagte das Leben selbst in der Frau, klagte um diesen einen Wolf und durch ihn um alles Lebendige, das nicht zu seinem Ziel, nicht zum Rechten und Richtigen hatte kommen können. Ich war das Werkzeug eines Verhängnisses geworden, sagt er. Er hat die Frau mit dem Wolf dann alleine gelassen, seinen Schimmel gesattelt und ist davongeritten.

Und damit ist das Märchen aus.

Nein, Ben. Die Geschichte geht noch weiter.

Wir haben genug gehört, Shalom.

Wollt ihr nicht wissen, warum Eichmann den Bezirk wieder verlassen hat?

Ich nicht. Du, Moshe?

Ich wollte auch nicht. Das Pathos der letzten Sätze dröhnte mir zu laut in den Ohren. Klage des Lebens! Werkzeug eines Verhängnisses! Das klang nach Eichmann. War es Eichmann? Woher hatte Nagar diese Geschichte?

Keine Tränen

Einen Monat nach dem Tag, an dem der Verurteilte sich von seiner Ehefrau verabschiedet hat, gibt das Berufungsgericht die Entscheidung bekannt. Unter den wenigen Zuhörern im Beit Ha'am ist Reverend William Lovell Hull, ein kanadischer Prediger, der versucht, die Seele des Verurteilten zu retten. Zwölf Mal hat er ihm schon im Besprechungszimmer gegenübergesessen, in Begleitung seiner Frau Lillian, die als Dolmetscherin fungiert. Der Verurteilte redet wenig während dieser Besuche, meistens redet Hull, der auftritt wie ein Geschäftsmann und Erlösung für Reue bietet. Sein Gegenüber lächelt höflich. Nach den Besuchen des Ehepaars schreibt er; Hull hat schon mehrere lange Briefe bekommen, in denen steht, was der Verurteilte von christlicher Mission hält. Nicht viel. Der Christengott ist ihm zu klein. Hull gibt dennoch nicht auf; er will diese Seele, die schwärzeste, die er zu kennen glaubt. Sie zu erretten, wäre sein größter Triumph. Er will Satan selbst trotzen, dessen Kraft er jedesmal durch das schwere Glas im Besprechungszimmer hindurch zu spüren meint, niederdrückend, herausfordernd, ein Vernichtungsgriff, den der sanfte Geist des Evangeliums entmachten muss. Wenn nur die Zeit reicht.

Auch heute sieht Hull den Mann wieder hinter Glas, aber hier im Gerichtssaal geht nichts von ihm aus, er wirkt blass und übernächtigt. Die fünf Richter treten ein, der Vorsitzende eröffnet die Sitzung, die Verlesung der Entscheidung beginnt. Die Richter wechseln sich ab, jeder liest rascher als sein Vorgänger, sie hasten durch den Text, schon ist das letzte Wort verlesen, der Berufungsantrag abgelehnt, das Urteil des Bezirksgerichts in allen Punkten bestätigt. Die Sitzung ist geschlossen, die Richter verlassen den Saal.

Die Eile empfindet Hull als ungehörig. Ein derart abrupter Abgang, schreibt er in seinem Buch „Kampf um eine Seele", sei der Schwere der Entscheidung nicht angemessen gewesen, das Tempo der Urteilsverlesung ebenso wenig. Eine Situation wie diese hätte seines Erachtens Sammlung verlangt, getragenen Rhythmus, lastende Pausen. Auch das Benehmen des Publikums gefällt ihm nicht: Beim Verlassen des Saals feixen die Leute wie nach einem Kinobesuch. Dass sie Tränen vergießen würden, konnte man nicht erwarten, schreibt der Prediger. Wohl aber eine zumindest leise Andeutung von ernster Stimmung.

Die Menschen in diesem Land wollen solchen Ernst nicht mehr, keine Last, keine Trauer. In den vier Monaten, die seit der Urteilsverkündung und der anschließenden Umfrage vergangen sind, ist die Stimmung gekippt. Man will ein Ende, einen

Anfang. Einen Tod. So schnell wie möglich.

Den Tod vorzubereiten, ist Aufgabe des Gefängnisdirektors. Schon seit einiger Zeit liegt ein englisches Handbuch auf seinem Tisch, „British Judicial Hanging". Der Direktor hat das Buch gründlich studiert und erste Skizzen angefertigt. Er wird improvisieren müssen; auf Hinrichtungen ist dieses Land nicht eingestellt. Der Weg zum Galgen muss kurz sein, undenkbar, dass sie den Verurteilten durch die neun Türen, über den Innenhof, von einem Stockwerk ins andere führen. Der Direktor plant, eine Öffnung in die Wand des Besprechungszimmers schlagen zu lassen, dann wären nur ein Treppenabsatz und ein Flur zu passieren. Der Galgen, ein einfaches Holzgestell mit einem Haken in der Mitte, soll in dem ungenutzten Raum am Ende des Flurs errichtet werden; das Holz ist bereits bestellt. Unter diesem Raum befindet sich eine Abstellkammer, dort können sie die Leiche vom Strick nehmen. Für die Falltür, eine quadratische Eisenplatte, werden sie ein Loch in den Boden brechen.
Jetzt betrachtet der Direktor zum wiederholten Mal die dem Buch beigegebenen Drop Tables, Tabellen, die das Körpergewicht des Verurteilten ins Verhältnis zu der für ihn nötigen Fallhöhe setzen. Er hat ein paar Berechnungen angestellt, vorläufig, um die Länge des Stricks zu

ermitteln. Den Strick, der im Handbuch empfohlen ist, aus Manila-Hanf gedreht, kann er nicht beschaffen. Man wird das Seil, das sie haben, irgendwie verstärken müssen. Oder die Schlinge doppelt knüpfen.
Der Direktor legt den Stift beiseite, massiert seine Schläfen, schaut aus dem Fenster. Doppelte Stacheldrahtzäune, unnötig hoch, alle paar Meter Gestelle, auf denen starke Scheinwerfer montiert sind. Hinter den Zäunen eine schmale Zufahrtsstraße, jenseits der Straße freies Gelände. Selbst dort patrouillieren Wächter. Der Direktor möchte ins Gebirge, wenn alles vorbei ist. Keinen Menschen sehen, keinen Lebenden, keinen Toten. Weinberge vielleicht. Vielleicht einfach nur den Himmel.
In einem anderen Trakt des Gefängnisses werden zur selben Zeit die Wächter des Verurteilten zusammengerufen, zweiundzwanzig gestandene Männer. Der Kommandant steht an der Tür, Hände hinter dem Rücken, wippt auf den Fußballen. Trüge er keine Uniform, er würde die Jacke ausziehen und die Ärmel hochkrempeln. Als die Männer versammelt sind, hält er eine knappe Ansprache, schließt mit der Frage, wer bereit wäre, das Todesurteil zu vollstrecken. Einundzwanzig Hände schnellen in die Höhe. Nur Nagar will nicht. Der Kommandant lässt das Los entscheiden. Das Los fällt auf Nagar.

Zahn um Zahn

Nach Ablehnung seines Berufungsantrags richtet der nun endgültig Verurteilte ein Gnadengesuch an den Staatspräsidenten Ben Zvi. Der Wortlaut ist nicht bekannt; vier handgeschriebene Seiten seien es gewesen, verfasst habe sie der Verurteilte nach genauer Instruktion durch seinen Verteidiger.
Was hätte er geschrieben ohne juristische Vorgabe? Hätte er um sein Leben gefleht, die Macht der Vergebung beschworen, seinen sechsjährigen Sohn ins Feld geführt, der einen Vater braucht?
So etwas steht ihm nicht. So denkt er nicht. Der Einzelmensch interessiert ihn nicht, geht ihn nichts an. Objekt seiner Sätze ist das, was er die Sachen, die Angelegenheiten, nennt. Evakuierungssachen, Transportangelegenheiten. Für sie hätte er um Gnade gebeten, womöglich sogar: Gnade verlangt. Ich habe, glaube ich, das Recht, Herr Präsident, hätte er geschrieben, darauf hinweisen zu dürfen, dass man mit mir auch diese Angelegenheiten zum Tode verurteilt hat. Sie sterben daran, nicht aufgeklärt worden zu sein. Denn, ich muss es immer wieder betonen, was zum Schuldspruch reichte in meiner Sache, reicht in keinster Weise zum Verstehen dieser Sachen.

Vielleicht hätte er auch das Wort Wahrheit verwendet, erklärt, dass ohne ihn, ohne seine noch ausstehenden Stellungnahmen die Wahrheit ungesagt, ungehört bleiben werde. Hatten nicht die drei Richter des Bezirksgerichts die Vernichtung als Geheimnis bezeichnet? Er könnte dies Geheimnis preisgeben, er allein, und er würde es, ließe man ihn. Ich bitte, mir Gelegenheit zu geben, auch nach der Bestätigung meiner Verurteilung zum Tod ohne Ja und Nein ausführlich Stellung nehmen zu dürfen zu den gegenständlichen Angelegenheiten, andernfalls dieses Sammelsurium von Durcheinander nie aufgeklärt werden wird, Herr Präsident, hätte er geschrieben.

Gequält wäre Ben Zvi dem Gefüge dieses Satzes gefolgt, grammatisch verwirrt zunächst, dann semantisch verstört. Ohne Ja und Nein, was soll das heißen, hätte er gegrübelt, wie will einer Stellung nehmen, der nicht bejaht, nicht verneint? Stellung nehmen heißt doch sagen, was ist und was nicht ist, was gilt und was nicht. Muss man nicht annehmen oder verwerfen, zustimmen, ablehnen? Ich muss, hätte Ben Zvi gedacht. Von mir, dem Präsidenten, wird ein Ja verlangt oder ein Nein. Entweder, oder.

Was ich sage, wird mich zeichnen; am Ende dieses Tages bin ich der Mann des Nein, der Mann des Ja.

Vielleicht hätte der Präsident tief durchgeatmet bei diesem Gedanken, mit ins Weite gerichteten Augen auf die Blätter vor ihm gestarrt, über die keine Sätze mehr gelaufen wären, sondern nurmehr Wellen, irgendwo eine Küste suchend. Nach und nach wären die Augen des Präsidenten zurückgekehrt, in dieses Land, diese Stadt, dies Gebäude, dieses Zimmer, nach und nach wären die Wellen erstarrt zu Wörtern, Silben, Buchstaben. Ben Zvi wäre den Schriftzügen nachgegangen, diesen breiten, niedrigen Bögen, hochgezogen und wieder zurückgenommen, entschieden und beflissen, herrisch und untertan im selben Ansatz. Die Schrift eines Mannes ohne Ja und Nein.
Vielleicht hätte der Präsident geahnt, dass diese Schrift ein Echo ist, Widerhall der Existenz, die der Verurteilte in den Jahren des Reichs geführt hat. Leben und Handeln in einem wabernden Dazwischen, einem Riss, der sich durch die Wirklichkeit zog und alles durchtrennte, was zweiwertiger Logik zugänglich ist. Richtig, falsch, gut, böse, diese einfachen Alternativen bildeten im Zwischenreich des Verurteilten nichts mehr ab. Stattdessen Befehl, Gehorsam, Durchführung, eine Sprache, die nur den Imperativ kennt, den bloßen Willen, der am Ende sich selbst will. Menschenleere Welt, in der der Befehl befiehlt und der Gehorsam gehorcht.

In dieser Sprache ein Gnadengesuch? Denkbar, dass dem Präsidenten die Bedeutung des Wortes entglitten wäre. Gnade. Vielleicht wäre er sitzen geblieben an seinem Schreibtisch, regungslos, verstummt. -

So war es nicht. Vor dem Staatspräsidenten liegt ein anderer Text. Seine Gedanken gehen andere Wege, als er sich in die Stille seines Arbeitszimmers zurückzieht. Stundenlang bleibt er dort, vier Seiten vor sich, die schwerer wiegen als ein Leben, leichter als Millionen Tode. Der Präsident schreibt einen einzigen Satz während dieser Stunden, auf das erste Blatt des Gesuchs, einen Vers aus dem Buch Samuel:

Wie Dein Schwert Weiber ihrer Kinder beraubt hat, so soll auch Deine Mutter beraubt sein unter den Weibern.

Dieses Kapitel habe ich Ben zum Lesen gegeben. Yitzhak Ben Zvi, das wusste ich, interessiert ihn. Mehr als Eichmann. Wie immer ging Ben ans Fenster mit den Blättern, las wie immer langsam, murmelte jeden Satz nach, als käme er ihm erst im Mund auf die Spur. Schließlich schob er die Blätter zusammen und legte sie auf meinen Schreibtisch. Dann griff er in seine Hosentasche, holte umständlich die Geldbörse heraus, öffnete das Fach, in dem die Scheine steckten. Ich verstand erst, als er mir die Hundert-Schekel-Note hinhielt und sie so drehte, dass ich dem Abgebildeten ins Gesicht sehen konnte. Ben Zvi. Ein grob gerastertes Photo vor einer Struktur aus farbigen kleinen Quadraten, das trotz der Unschärfe entschlossene Züge aufwies, fleischig ausgeformt unter einer geraden, hohen Stirn. Schon oft hatte ich es betrachtet, erst jetzt aber fiel mir auf, dass Ben dasselbe Kinn, dieselbe Nase hatte.
Warum zeigst du mir den Schein? Weil du ihm ähnlich siehst?
Wie kann ich ihm ähnlich sehen, Moshe! Er war ein großer Mann. Weißt du, dass er mit seiner Familie in einer Holzhütte gewohnt hat? Als er Staatspräsident wurde, sollte er umziehen, aber er weigerte sich. Er blieb dort wohnen. Wer zu ihm wollte, musste die Hütte betreten. Ein strenger Mann.
Ben warf noch einen Blick auf die Banknote, dann steckte er sie wieder ein.
Auf dem Weg zum Rastplatz schwieg er, irgendetwas beschäftigte ihn. Als wir ankamen, schob er mich an den Holztisch, statt aber Feuer zu schüren und Tee zu kochen, blieb

er neben mir stehen. Du glaubst, Ben Zvi wusste nicht, was Gnade ist?
Sicher wusste er das, Ben. Aber Eichmann, stelle ich mir vor, verwirrte seine Begriffe. Alle Begriffe verwirrt er, weil er das Ja und das Nein aufhebt. Für sich selbst, für andere. Er steckt an.
Mich nicht, Moshe.
Wenn du in Ben Zvis Lage gewesen wärst, hätte er dich auch angesteckt. Gnade ist kein Gesetz. Ein Gesetz musst du erfüllen, du brauchst nicht zu überlegen, du brauchst dich nicht zu entscheiden. Mit der Gnade ist es anders. Du gewährst sie, oder du gewährst sie nicht. Ja oder Nein. Wenn du sie gewährst, gibst du jemandem etwas, auf das er keinen Anspruch mehr hat. Die Freiheit zum Beispiel. Oder das Leben. Einer hat sein Leben verwirkt, jetzt kommt er und bittet, dass du es ihm lässt. Warum solltest du? Du musst überlegen.
Fragst du nicht dein Herz?
Nein, Ben. Das Herz weiß nicht, was Gnade ist. Gnade braucht Gründe.

Worüber redet ihr?
Nagar war gekommen, so leise summend, dass wir ihn nicht bemerkt hatten.
Wir haben über Gnade geredet, Shalom.
Warum?
Moshe hat über den Präsidenten geschrieben. Er sollte das Todesurteil aufheben, Eichmann hatte ihn darum gebeten.
Und, was hat er gesagt?
Eichmann?

Der Präsident!
Einen Satz hat er geschrieben: Wie dein Schwert Weiber ihrer Kinder beraubt hat, so soll auch deine Mutter beraubt sein unter den Weibern.
Seht ihr, der Präsident hat es gewusst.
Was?
Dass Eichmann der Amalek ist! Du kennst die Verse, Ben.
Wir alle kennen sie, Shalom. Wird die Geschichte nicht vorgelesen an jedem Shabbat vor Purim?
Samuel sagte zu Saul: So spricht der Herr der Heere: Ich habe gesehen, was Amalek Israel angetan hat, da er ihm den Weg vertrat, als Israel aus Ägypten heraufzog. Darum zieh hin und schlage Amalek! Weihe alles, was ihm gehört, dem Untergang, töte Mann und Weib, Kind und Säugling, Rind und Schaf, Esel und Kamel!
Saul schlug dann Amalek von Havilah bis Shur, das Ägypten gegenüberliegt. Das ganze Volk weihte er dem Untergang mit scharfem Schwert, Agag, den König von Amalek aber, brachte er lebend in seine Gewalt und verschonte ihn.
Darum erging das Wort des Herrn an Samuel: Es reut mich, dass ich Saul zum König gemacht habe. Denn er hat sich abgewandt von mir und meine Befehle nicht ausgeführt.
Das verdross Samuel sehr, und er schrie die ganze Nacht zum Herrn.
Am nächsten Morgen machte er sich auf und ging Saul entgegen. Samuel sagte: Der Herr hat dich zum König von Israel gesalbt. Dann hat er dich auf den Weg geschickt und gesagt: Weihe Amalek dem Untergang. Warum hast du nicht auf die Stimme des Herrn gehört?
Saul erwiderte dem Samuel: Ich habe gesündigt. Nimm

doch die Sünde weg von mir und kehre mit mir um, auf dass ich den Herrn anbete. Samuel aber sagte: Ich kehre nicht mit dir zurück, denn du hast das Wort des Herr verworfen und nun hat der Herr dich verworfen. Du kannst nicht mehr König von Israel sein.
Dann sagte Samuel: Bringt Agag, den König von Amalek, zu mir! Agag wude in Fesseln zu ihm gebracht und sagte: Wahrhaftig, die Bitterkeit des Todes ist gewichen von mir.
Samuel aber erwiderte: Wie dein Schwert Weiber ihrer Kinder beraubt hat, so soll auch deine Mutter beraubt sein unter den Weibern.
Und Samuel hieb vor den Augen des Herrn Agag in Stücke.

Ben und Nagar sind stehengeblieben, tragen in Wechselrede, fast ist es Wechselgesang, die Verse aus dem ersten Buch Samuel vor, Verse, die auch einem Ben, der sonst nur Fragen stellt, die Zunge zum Bekenntnis lösen. Ich allein muss sitzen, gelähmt, gefesselt neben ihren leeren Stühlen, muss schweigen, weil diese Texte im Stehen zu sprechen sind, aufrecht, wehrhaft, demütig zugleich.
Jetzt rufen sie ihn auf, den Todfeind Israels, Amalek, Sohn des Eliphas, den Enkel des glücklosen Esau, dem der Segen verwehrt blieb, die kostbare Zusage, die Yakov ihm genommen hatte, sein Bruder, durch List. Esau weinte, heißt es, von Tränen des Vaters steht nichts geschrieben, wohl aber von den bitteren Worten, die der Vater zu Esau sprach als Vermächtnis: Fern vom Fett der Erde musst du wohnen, Esau, und fern vom Tau des Himmels. Leben wirst du von deinem Schwert. Was konnte anderes daraus wachsen als Hass. Esau ward dem Yakov feind, seinem Bruder, steht

geschrieben. Und der Hass pflanzte sich fort, von Sohn zu Sohn, glühte in jedem, wie er geglüht hatte in Esau. Eliphas. Amalek. Die Könige von Amalek. Die Amalekiter. Wo sie nur konnten, schlugen sie Israel, sie waren böse, wird Nagar sagen, und uns ist aufgetragen, sie zu besiegen. Manche Juden, frommer als wir, schreiben Amaleks Namen auf die Sohlen ihrer Schuhe, zerreiben ihn zu Staub bei jedem Schritt: Vertilge das Andenken Amaleks unter den Himmeln. So lautet die Mitzvah, und so erfüllen, auf ihre Weise, jetzt Ben und Nagar diese Pflicht. Beim Namen rufen sie Amalek, lassen ihn auferstehen in den Landschaften und Zeiten, die er heimgesucht hat, wohnen seiner Vernichtung bei und seiner Wiederkehr, auf die erneute Vernichtung folgt und aufs Neue sein Erscheinen.

Gedenke, was Amalek dir angetan, als du aus Ägypten zogst. Vertilge das Andenken an Amalek unter den Himmeln, vergiss dies nicht!

Ja, vergiss nicht zu erinnern, Israel. Erinnere dich zu vergessen. Was wie Widerspruch klingt in meinen Ohren, nehmen Ben und Nagar als Bekräftigung.

In der Wüste Sinai, Shalom. Amalek gegen Moses.

Amalek kam und suchte in Rephidim den Kampf mit Israel. Wähle dir Männer aus, sagte Moses zu Yoshua, und zieh in den Kampf gegen Amalek! Ich will mich mit dem Gottesstab in der Hand auf den Gipfel des Hügels stellen. Yoshua tat, wie Moses ihm befohlen hatte, und zog aus zum Kampf gegen Amalek. Moses aber stieg mit Aaron und Hur auf den Gipfel des Hügels. Solange Moses seine Hand erhoben hielt, war Israel stärker, sooft er die Hand aber sinken ließ, war Amalek stärker.

Aaron und Hur stützten seine Arme, der eine rechts, der andere links, so dass seine Hand erhoben blieb bis zum Untergang der Sonne.
Und Yoshua besiegte Amalek mit scharfem Schwert, Shalom. Anders als Saul, der den Agag verschonte. Samuel musste kommen, Samuel führte das Schwert. Dann kam David –
In Ziklag war es, im Süden Judas, Ben. Als Amalek die Stadt niedergebrannt hatte und alle Frauen geraubt, fiel David im Morgengrauen über ihn her und schlug ihn bis zum Abend des folgenden Tages. Alles entriss er ihm, was er erbeutet hatte, auch seine Frauen befreite David.
Und Haman, Shalom, vergiss nicht Haman, den Agagiter.
Haman, sagst du? Sein Glück war nicht vollkommen, solange er den Juden Mordechai am Tor des Palastes sitzen sah. Aber sie hängten den Haman auf, Shalom. Sie hängten den Haman an den Galgen, den er für Mordechai errichtet hatte. So war es.
Amaleks Hass gegen Israel lässt nicht nach, Ben. Andere Feinde nahmen Bestechung an oder waren bereit zur Versöhnung. Amalek nicht. Er folgt Israels Spur. Sieh doch, deine Feinde toben; die dich hassen, erheben das Haupt. Gegen dein Volk ersinnen sie listige Pläne und halten Rat gegen die, die sich bei dir bergen. Sie sagen: Wir wollen sie ausrotten als Volk, an den Namen Israels soll niemand mehr denken. Wir müssen es machen wie Moses, Ben. Als Yoshua Amalek besiegt hatte, sprach der Herr zu Moses: Schreibe dies zum Gedächtnis in ein Buch. Denn ich will die Erinnerung an Amalek unter dem Himmel austilgen. Moses baute einen Altar und nannte ihn: Der Herr ist mein

Thron. Und er sprach: Die Hand an den Thron des Herrn! Krieg führt der Herr mit Amalek von Geschlecht zu Geschlecht! Bis heute, Ben. Bis auf den heutigen Tag.
Krieg führt er, Shalom. Und er siegt, wieder und wieder. Zieh hin und schlage Amalek! Weihe alles, was ihm gehört, dem Untergang, sagt der Herr zu Saul. Der tut es nicht, aber Samuel – Samuel hat es getan. Yoshua – Yoshua hat es getan. David – David hat es getan. Mordechai – Mordechai hat es getan. Shalom Nagar – Nagar hat es getan.
Als würde die Bedeutung der Reihe ihm jetzt erst bewusst, sagt Ben seine Sätze, die Stimme erhoben und die Namen der Überwinder Amaleks durch Wiederholung betont. Nagar tastet nach seinem Stuhl, setzt sich, schaut zu Boden.
Du bist Eichmanns Henker, Shalom. Eichmann ist der Amalek. Du gehörst in die Reihe.
Ich will euch eine Geschichte erzählen. Als ich auf die Tora-Schule ging, damals, nachdem ich aus dem Gefängnisdienst ausgeschieden war, hat mein Lehrer mir erklärt, was das Wort bedeutet, Amalek. Er war ein weiser Mann. Dreißig Jahre lang hat er die Tora studiert, dann wurde er blind. Aber er hat alles gesehen. Der Sohn Eliphas', der Enkel Esaus, weißt du, wie er heißt, Shalom?, fragte er mich. Amalek, sagte ich. Seinen wahren Namen kennt niemand, Shalom, sagte er, aber Amalek wurde er genannt. Und weißt du, warum? Ich wusste es nicht. Amalek ist der Am, der leckt, Shalom, sagte er. Unser Blut! Wie die Fliegen nährt er sich vom Blut, das aus unseren Wunden fließt. Er kommt, wenn wir schwach sind, verwundet, er leckt unser Blut, davon lebt er. Und erhebt sich dann, gestärkt von unserer Schwäche, öffnet den Mund, um Krieg zu schreien, seinen

Mund, der überquillt von Blut. Da verstand ich, wisst ihr. Da sah ich ihn wieder vor mir, Eichmann, am Strick, als Merhavi mir befohlen hatte, ihn hochzuheben. Seine Zunge hing heraus, bis hier, bis über das Kinn hing sie, und sie war voll von Blut.
Samuel hat Agag in Stücke gehauen, Ben – der Amalek ist wiedergekommen. Mordechai hat Hamann gehängt – der Amalek ist wiedergekommen. Und ich, sehe ich Eichmann nicht jeden Tag, jede Nacht? Folgt er mir nicht, wohin ich auch gehe?
Eichmann ist tot, Shalom.
Wisst ihr, was mein Name bedeutet: Nagar? Er bedeutet etwas.
Ein Königreich hieß Nagar, hast du uns erzählt.
Ja. Aber in einer anderen Sprache, ich weiß nicht, in welcher, bedeutet Nagar nagen. Fressen, heißt es auch. Shalom Nagar, versteht ihr?
Was verstehen?
Der Frieden, Ben. Er wird aufgefressen.

Asche zu Asche

Selbst an diesem Morgen, dem Morgen des Tages, an dem der Präsident über das Gnadengesuch befindet: Ein Stapel linierter Blätter liegt auf dem Schreibtisch des Gefängnisdirektors. Seiten, die der Verurteilte beschrieben hat, vom Wächter der Nachtschicht befehlsgemäß überbracht.
Sie warten, erheben den Anspruch, gelesen und sortiert, gegebenenfalls weitergeleitet zu werden. Eine Routine, die der Verurteilte seinen Bewachern aufdiktiert hat, hartnäckig, unauffällig, autoritär. Einfach nur, indem er schreibt. Briefe sind darunter, Notizen für den Verteidiger und Aufzeichnungen, die er „Mein Sein und Tun“ nennt oder „Auch hier im Angesicht des Galgens“. Eine Bibliothek hat er schon produziert, Tagespensum mitunter achtzig Blätter, jedes davon am Rand abgezeichnet, beglaubigt durch die lang hingezogene Unterschrift des Verfassers. Zeile für Zeile in mühelos fließender Handschrift, die von Sorgfalt zeugt und Zweifellosigkeit.
Die erste Seite auf dem Stapel von heute ist anders; der Blick des Direktors fixiert einen Balken, diagonal übers Blatt gelegt, eine Schranke, die das Lesen offenbar verbieten soll. Überschrift: Testament. Darüber steht: Ungültiger Entwurf. Der Blick jedoch lässt sich nicht beschränken, der Direktor nimmt das Blatt

und erforscht mit einer Unruhe und Anspannung, die er sich kaum eingestehen mag, den letzten Willen des Verurteilten. Ein Entwurf, für ungültig erklärt, dennoch nicht zerrissen, sondern ihm, dem Gefängnisdirektor, zur Kenntnis gebracht; schließlich weiß der Verurteilte, auf wessen Schreibtisch seine Blätter kommen.
Größer als sonst sind die Schriftzüge, Respekt heischend die freien Stellen, die der Verfasser wie Postamente unter die kurzen Sätze geschoben hat, ein tiefes Atemholen vielleicht, das die Feierlichkeit und Schwere der Gedanken beim Schreiben abbildet und sich auf den Leser überträgt.
Im Falle meines Todes, schreibt der Verurteilte, bitte ich folgendes:
Ich wünsche, dass meine Leiche von meinen Brüdern aus diesem Land in meine Heimatstadt gebracht wird.
Daselbst ist sie zu verbrennen.
Meine Asche ist in sieben Teile zu teilen.
Ein Siebtel der Asche soll in das Grab meiner Eltern kommen.
Ein Siebtel der Asche soll im Garten meines Hauses in Buenos Aires verstreut werden.
Von den restlichen fünf Siebtel gehören meiner Frau Vera und meinen vier Söhnen je ein Siebtel. Es soll einem jeden von ihnen dermaleinst, wenn auch sie ihr Erdenleben beendet haben, mit in ihren Sarg gegeben werden.

In kleinerer Schrift setzt er hinzu:
Es mag ihnen zur Beruhigung dienen und allfällige Angst vor dem Tode ihnen nehmen.
In übergroßen Lettern folgt die Begründung:
Denn: der Tod ist nicht schlimmer als die Geburt, und tausendmal tausend andere Leben erwarten noch unser.
Der Gefängnisdirektor schließt die Augen, lauscht den letzten Sätzen nach, die hohl und dumpf in ihm hallen. Sieht einen wandern, der wirft Asche wie Samenkörner. Verdunkelt das Licht, zeugt sich fort im Staub. Gräber öffnen sich und nehmen seine Asche auf, Gräber, die es noch gar nicht gibt, Gräber der Zukunft.
Der Direktor öffnet die Augen wieder, sein Blick irrt über die Seite, getrieben, beruhigt sich erst, als er am oberen Rand die Worte findet: Ungültiger Entwurf. Er wendet das Blatt, legt es mit der Schrift nach unten neben den Stapel und nimmt die zweite Seite. Auch sie ist überschrieben: Testament. Der Direktor liest, stutzt, deckt die erste Seite wieder auf, legt die beiden Blätter nebeneinander und vergleicht.
Im Falle meines Todes bitte ich - in sieben Teile zu teilen - mit in ihren Sarg gegeben werden - tausendmal tausend andere Leben.
Wort für Wort die gleiche graue Liturgie, Sätze wie in Stein gehauen. Und wieder der Balken, der das Geschriebene durchstreicht, wieder der Hinweis: Ungültiger Entwurf.

Betäubt von den Sätzen, die eingesunken sind in ihn, die er längst auswendig weiß, greift der Direktor nach dem dritten Blatt. Zum dritten Mal, tatsächlich. Zum dritten Mal liest er dasselbe, dies Testament, das eine Leiche in die Heimat transportieren lässt und Asche verteilt auf Vergangenheit und Zukunft. Dieselben Sätze, Wort für Wort. Nur fehlt diesmal der Balken, diesmal fehlt der begleitende Vermerk. Dieses Blatt hier ist gültig. Endgültig.
Der Direktor liest, sieht das Datum des gestrigen Tages und am Rand die Unterschrift des Verurteilten. Ihn durchzuckt der Wunsch, das Blatt zu vernichten. Zerreißen will er es, verbrennen, ungeschrieben machen. Die Sätze blieben dennoch, eingraviert in sein Bewusstsein. Schon wieder Macht, wieder Herrschaft. Schon wieder verfügt dieser Mann, weist an, will durchführen. Der Meister des Transports. Transport einer Leiche diesmal, seiner Leiche. Kremierung. Weiterbehandlung.
Die sehnigen Finger des Direktors greifen zu, packen das Blatt wie ein Genick, er könnte töten, kann, wird töten. Wird töten und verbrennen lassen, die Asche im Meer verstreuen.
Der Direktor steht auf, schiebt die Blätter zusammen und legt alles, auch die ungelesenen Seiten, in den Tresor.

Eichmanns Testament habe ich Ben vorgelesen. Ohne das r zu rollen, ohne Pausen nach den Konjunktionen zu machen, ohne Punkte als Ausrufezeichen zu nehmen. Sanft habe ich gelesen, so, dass die Sieben klang. In sieben Teile die Asche zu teilen, aus sieben Sätzen besteht das Vermächtnis. Wie er unser Gebet gesprochen hat, so benutzt er auch unsere Zahl. Aber warum, Moshe?
Sieben Tage währte die Schöpfung, sieben Arme hat die Menora. Vielleicht wollte Eichmann seinen Tod zu einer eigenen, gottlosen Genesis machen. Vielleicht wusste er auch, dass der letzte Besitzer der Menora ein Germane, ein König der Vandalen war. Und er könnte gedacht haben, das Symbol des heiligen Leuchters gehöre jetzt den Deutschen.
Er wollte seine Asche leuchten lassen, so wie Moses die sieben Flammen der Menora entzünden sollte?
Ich weiß es nicht, Ben. Gar nichts weiß ich. Diese Verschlingungen, als sollte es nie aufhören. Als ob sie nicht voneinander lassen könnten, Amalek und Israel, im Leben nicht und nicht im Tod. Gestern stand in der Zeitung: Grab von Heinrich Müller entdeckt. Er war Eichmanns Vorgesetzter, der Chef der Gestapo.
Und?
Müller liegt auf dem jüdischen Friedhof in Berlin-Mitte. Da, wo Moses Mendelssohn begraben wurde. Auf dem jüdischen Friedhof, Ben! Der Verfolger neben den Verfolgten; gleich gemacht im Tod, bleichen ihre Knochen gemeinsam. Wer hat ihn da begraben? Die Deutschen?
Ich weiß es nicht. Müller ist in den letzten Kriegstagen umgekommen, das steht fest. Vielleicht haben ihn die Rotarmisten erschossen, vielleicht ist er bei einem Bombenangriff

gestorben. Einer von tausenden Toten in Berlin, zu vielen, als dass man sie einzeln hätte begraben können. Man musste Massengräber ausheben. So viele Friedhöfe gibt es in Berlin, aber Müller legen sie auf den alten jüdischen Friedhof. In seiner Generalsuniform. Das ist nicht Ironie der Geschichte, Ben. Das ist etwas anderes.
Was meinst du?
Ein unsichtbarer Zwang. Eine grauenhafte Notwendigkeit?
Oder Zufall, Moshe. Irgendwo mussten sie Müller begraben.
Aber nicht da. Nicht gerade da, Ben. Muss einem von Eichmanns Opfern ausgerechnet Eichmanns Wohnung angeboten werden, wie es Leo Hauser passiert ist, einem der wenigen Juden, die Auschwitz überlebt haben? Wie viele Wohnsiedlungen gab es damals in Berlin, fünfzig, hundert? Hauser gerät in die, in der Eichmann mit seiner Familie gelebt hatte. Zweitausend Wohnungen umfasste die Siedlung, Hauser bekommt Eichmanns Wohnung. Irgendwo musste er ja wohnen? Ich würde gern an Zufall glauben, Ben. Aber alles ist ein enger Kreis. Denk an meinen Vater, den Täter, der Opfer wurde und als Opfer wieder Täter sein wollte. In seinen Kreis gebannt. Und sieh dir Eichmann selbst an. Er kommt in die Schule, wofür halten ihn seine Mitschüler? Für einen Juden. Der kleine Jude, so haben sie ihn genannt. Wer wird sein bester Freund? Ein Jude. In welche Abteilung wird er versetzt, als er nach Berlin kommt? Ins Judenreferat. Welches Volk hat er bewundert? Das jüdische. Er hätte auch einen guten Juden abgegeben, schreibt er irgendwo. Das konnte er sich vorstellen! Und von einem der Juden,

mit denen er in Ungarn zu tun hatte, sagt er, der wäre ein guter SS-Mann gewesen.
Hör auf, Moshe. Das ist widerlich.
Weißt du, dass Eichmann selbst über den Juden, der seinen Tod forderte, seinen erbitterten Ankläger Hausner, nur das Beste gesagt hat? Ich habe oft dem Generalstaatsanwalt in die Augen gesehen, schreibt er, Hass konnte ich nicht feststellen. Mir kommen seine Augen traurig-schön-tief vor. Er muss privat ein guter Mensch sein. Sympathisch war ihm der Mann! Und einen der Richter, Halevi, hat er sogar bewundert, schwärmt vom klugen Erscheinungsbild seines Kopfes und seiner sympathischen Stimme. Der eisige Eichmann, Ben, der alle frieren ließ im Gerichtssaal – als er sein Herz erforschte, fand er nur Wärme.
Ein Heuchler war er! Ein Heuchler, ein Lügner. Verdorben und falsch, durch und durch.
Seine Wächter lobt er auch. Immer korrekt ihm gegenüber, nie ein böses Wort. Nie schlug mir Hass entgegen, schreibt Eichmann, von handgreiflicher Ausdrucksverleihung zu schweigen. Hochachtung hatte er vor der Haltung der Männer.
Shalom hat er verflucht und mit seinem Blut bespuckt, Moshe!
Erzählt Shalom.
Du glaubst ihm nicht?
Ich glaube, dass er glaubt, was er erzählt.
Du kennst ihn, Moshe. Du siehst ihn. Fünfzig Jahre ist der Tag her, und du siehst, wie Shalom lebt. In Angst, Moshe! Tag für Tag. Die Angst heißt Eichmann.

Er kann von Eichmann nicht lassen, das stimmt. Und Eichmann, auf irgendeine Weise, nicht von ihm. So wie Heinrich Müller nicht von den Opfern lassen kann, neben denen er verwest ist in Berlin. Sie teilen die Erde, sie teilen die Würmer –

Hör auf, Moshe!

Ich kann aufhören, Ben. Aber es hört nicht auf! Müller auf dem jüdischen Friedhof, Eichmanns Opfer in Eichmanns Wohnung, Eichmanns Henker an einem Tisch mit dem, der seine Existenz Eichmann verdankt. Zufälle, sagst du? Ich sage: Zeichen.

Wofür?

Vielleicht dafür, dass es keine endgültige Trennung geben soll zwischen Menschen. Wer so etwas versucht, indem er hasst, verfolgt, tötet, erreicht das Gegenteil: Er schafft eine unauflösliche Verbindung. Fühlst du den, den du hasst, nicht mehr als den, den du liebst? Siehst du den, den du verfolgst, nicht schärfer als den, der ruhig neben dir lebt? Und den, den du tötest, vergisst du nie, während du einen, den du ins Leben bringst, aus der Erinnerung verbannen kannst.

Deinen Vater meinst du?

Ich meine viele Väter. Mein Sohn bist du nicht mehr, das haben viele gesagt. Aber kein Täter hat erklärt: Du bist nicht mehr mein Opfer. Und kein Opfer macht sich los von seinem Täter.

Es gibt Befreiung, Moshe.

Wenn, dann nur durch andere. Sich selbst macht keiner los.

Hast du das Kaddish gesagt für deinen Vater?

Nein.
Warum nicht?
Was sollte ich Ben darauf antworten. Das Kaddish der Waisen, das Gebet des Sohnes für den toten Vater, das dessen Seele zum Herrn emporsteigen lässt. Ich war Jude geworden, ich hatte die Pflichten zu erfüllen. Das Kaddish zu sagen, gehörte dazu. Aber durfte ich das tun? Mich vor die Gemeinde stellen, sie mit Amen antworten lassen für einen Mann, der erst wider Wissen Jude gewesen war, dann wider Willen? Der das Jüdische in sich auslöschen wollte durch seinen Sohn und dessen Söhne? Für ihn das jüdische Totengebet zu sprechen, war mir absurd und ungeheuerlich zugleich erschienen. Ich trug meine Ratlosigkeit vor einen Rabbi, erzählte ihm alles. Der Rabbi hörte zu, mit gesenktem Kopf, und als ich geendet hatte, schwieg er. Ein Schweigen, dem, fürchtete ich, Verdammung folgen würde, die Verdammung des Vaters wie des Sohnes, denn flohen sie nicht beide, der eine vor seiner Herkunft, der andere vor seiner Pflicht? Der Rabbi aber verdammte nicht. Bera mesake aba, sagte er nur. Der Sohn erlöst den Vater. Die ruhige Sachlichkeit seiner Antwort erschütterte mich, verwirrte mich auch. Mein Vater war ein Abtrünniger, Rabbi, sagte ich. Er hat sein Judentum verworfen. Auch ein schuldig gewordener Jude ist ein Jude, gab der Rabbi zurück. Er war ein Täter, Rabbi, ein Verfolger der Juden! Der böse Vater kann durch den guten Sohn erlöst werden, antwortete der Rabbi. Aber er verdient es nicht!, rief ich. Mein Vater verdient nicht, dass eine jüdische Gemeinde für ihn betet! Das Kaddish ist nicht Verdienst des Vaters, sagte der Rabbi. Es ist Pflicht des Sohnes. Und mit diesen Worten entließ er mich.

Warum nicht, Moshe? Ben hat gewartet, während ich in Gedanken versunken bin, jetzt wird er ungeduldig. Warum nicht? Dein Vater war doch Jude?

Der Sohn einer jüdischen Mutter.

Dann hattest du die Pflicht, Moshe.

Ich hatte sie, Ben. Nur konnte ich sie nicht erfüllen. Die Vorschrift lautet: Elf Monate lang täglich das Kaddish sagen, beginnend mit dem Tag der Beerdigung. Als ich vom Tod meines Vaters erfuhr, waren aber schon zwei Monate vergangen. Ich bekam eines Tages einen Brief, der viele Umwege genommen hatte, bevor er mich erreichte. Darin stand, dass mein Vater gestorben sei. Datum seines Todes, Datum der Beerdigung. Sonst nichts. Ich weiß nicht, wie er starb, wo er begraben ist, ob er verbrannt wurde oder ob sie ihn in die Erde gelegt haben.

Das Kaddish hätte nicht gegolten, weil zwei Monate fehlten? Du konntest doch gar nichts dafür. Hättest du eben neun Monate gebetet. Oder noch zwei hinterher. Glaubst du, es wird gerechnet?

Damals wollte ich es glauben.

Was einer mit dem Kaddish tut für seinen Vater, kann er auch mit seinem Leben tun, Moshe. Lebst du gut, erlöst du ihn auch.

Tausend Grad

Längst ist entschieden, was geschehen wird mit der Leiche. Eine Autostunde entfernt, in einer Stadt namens Petach Tikvah, das heißt: Tor der Hoffnung, fügt ein Mann Stahl und Eisen zusammen. Dass er bis in die Nacht, manchmal bis zum frühen Morgen zu tun hat, stört ihn nicht. Er ist sogar froh, allein zurückzubleiben, allein mit seinem Ofen, der langsam Gestalt annimmt, wenn die Schweißer der letzten Schicht die Fabrik verlassen. Dann arbeitet er in der leeren Halle still vor sich hin, unbehelligt von Fragen der Kollegen, denen er seinen wahren Auftraggeber und die Bestimmung des Ofens nicht nennen darf. Ihnen erzählt er von einem Unternehmen in Eilat am Roten Meer, das Fischknochen verarbeitet. Sie wollen eine Brennkammer für Haie, sagt er, Walhai, Riffhai, Weißspitzenhai, beschreibt die Gestalt dieser Raubtiere, ihr Skelett und passt ihre Größe, die er nur vermutet, der seines Ofens an.
Pinchas Zeklikovsky ist stolz darauf, dass man ihn ausgewählt hat für die geheime Mission. Er gilt als Spezialist auf seinem Gebiet, wurde als zuverlässiger Fachmann empfohlen. Dass er der einzige Überlebende seiner Familie ist, dass Vater, Mutter, Bruder und Schwester zu den Opfern des Mannes gehören, dessen Urteil in Kürze vollstreckt wird, war keine Referenz. Es fügt

sich nur. Zeklikovsky arbeitet auch für sie. Die Anweisungen seines Auftraggebers sind knapp gehalten. Konstruktion und Materialauswahl überlässt man ihm, zu erfüllen hat er lediglich zwei Bedingungen. Erstens: Der Ofen ist gerade so zu bemessen, dass er einen menschlichen Körper der Länge nach aufnehmen kann. Zweitens: Die Verbrennungstemperatur hat eintausendachthundert Grad zu betragen. Zeklikovsky glaubte zunächst an einen Schreibfehler: üblich sind achthundert Grad. Die Zahl wurde jedoch bestätigt. Tausend Grad mehr als nötig. Zeklikovsky hatte auf die Probleme hinweisen wollen, die solche Temperaturen aufwerfen – lange Vorlaufzeit beim Anfeuern, Gefahren für die Männer, die den Ofen bedienen, Belastung des Materials –, ließ es aber. Er meint zu verstehen, dass hier mit anderem als technischem Maß gemessen wird. Tausend Silberstücke, tausend Generationen, tausend Brandopfer des Salomo. Wenn etwas nicht mehr zählbar ist, wenn etwas die Fassungskraft des menschlichen Verstands übersteigt, heißt es in den Schriften der Väter: Tausend. Eine Zahl als Zeichen für Unzählbares, ein Ofen jenseits fassbarer Normen. Von einem Menschen nach Menschenmaß gebaut, bestimmt aber dazu, einen Menschen zu vernichten, endgültig, schlechthin, Fleisch und Knochen zu mehr als bloß Asche zu verbrennen. Zu Staub vielleicht, der von der

Erde stiebt in die Tiefen des Himmels, bis an den äußersten Rand der Schöpfung, wo Kosmos sich vom Chaos noch nicht abhebt.
Zeklikovsky hat als erstes die Brennkammer angefertigt, einen Zylinder von zwei Metern Länge und anderthalb Metern Höhe. Für den Unterbau hat er quadratische Platten verschweißt und über das Ganze dann drei umlaufende Rippen genietet. Die Ofenklappe ist an der Stirnseite der Brennkammer angebracht, eine schwere Eisentür, die durch einen seitlichen Hebel geöffnet und geschlossen werden kann. Als letztes hat Zeklikovsky den Schornstein gebaut, drei Meter hoch. Er ist am hinteren Ende der Kammer eingepasst und so angebracht, dass er sich für den Transport abnehmen lässt.
Jetzt steht Zeklikovsky vor dem fertigen Ofen. Guten Gewissens übergeben kann er ihn nicht.
Er müsste prüfen, ob die Kammer die verlangte Temperatur erreicht, ob die Nähte halten, wie weit man sich dem Ofen nähern kann, wenn er auf Hochleistung glüht. Lässt die Klappe sich dann überhaupt noch öffnen? Oder sollte er den Hebel verlängern? Im Grunde sind das nicht seine Sorgen. Der Auftrag war klar, der Auftrag ist erfüllt. Aber Zeklikovsky will den Ofen nicht aus den Händen geben. Solange er an ihm arbeitet, solange sind seine Toten um ihn, deren Gräber er nicht kennt, die vermutlich keine haben, die Asche sind, verweht. Zeklikovskys

Ofen ist der lange Arm ihrer Rache. Er ist Gerechtigkeit.
Zeklikovsky nimmt die Mütze ab, reibt sich die Stirn. Dieser Mensch, der Verurteilte - was macht der in seiner Zelle? Warten? Stellt der sich vor, wie es sein wird zu hängen? Denkt er an den Ofen, weiß er, dass seine Leiche verbrannt werden wird? Wenn er es weiß, stellt er sich dann vor, wie die Flammen um seinen Körper schlagen, die Haut platzt, das Fleisch zischend zerfällt?
Zeklikovsky setzt die Mütze wieder auf, geht um den Ofen herum, legt die Hand auf die gewölbten Flächen, fährt die Grate nach, die er geschliffen hat, streicht über die Klappe, den Hebel. Öffnet die Klappe, schaut hinein in das Dunkel, diese Nacht vor Flammenaufgang. Bald. Bald wird der hier liegen. Eine Kette: Zeklikovsky berührt den Ofen, den der Körper des Mannes berühren wird, dessen Hand Zeklikovskys Familie in den Tod geschickt hat. Er kann die Kette noch enger schmieden, kann nicht nur mit der Hand, sondern mit Armen, Beinen, Rumpf die Brennkammer fühlen, kann in ihr liegen, wie der tote Körper in ihr liegen wird. Zeklikovsky hält sich an der Klappe fest, schiebt das rechte Bein in die Kammer, dann das linke, zwängt seinen breiten, muskulösen Körper hinterher.
Die Öffnung ist eng, zu eng für ihn. Er kommt nicht ganz hinein, heraus auch nicht mehr, atmet

alle Luft aus den Lungen, zieht den Bauch ein, sucht Halt für die Hände, so könnte es gehen, so müsste er sich befreien können - es geht nicht. Zeklikovsky ist gefangen. Ihm bleibt nichts übrig, als zu warten.
Eine Stunde später hört er einen schweren Lastwagen aufs Fabrikgelände rollen. Die Türen des Fahrerhauses werden geöffnet, wieder zugeschlagen, Schritte knirschen über den Kies im Hof, Männer betreten die Halle, einer nähert sich dem Ofen. Zeklikovsky dreht mühsam seinen Kopf zur Seite, sieht den Gefängnisdirektor. Unverhohlene Missbilligung steht in dessen Augen, als er die Situation erkennt. Er winkt seine Männer heran, vier Soldaten, die den Ofenbauer aus der Brennkammer ziehen. Der Direktor wendet sich ab, gibt ein paar kurze Anweisungen und verlässt die Halle.
Zeklikovsky versteht schon. Dieser Ofen soll rein sein, unberührt. Nur einmal darf er belegt werden, einmal nur darf er brennen. Dieser Ofen ist bestimmt für einen einzigen Mann, dessen Tod spurlos sein soll, als verschwände ein Schatten. Für ihn hat man im Gefängnis einen Galgen errichtet, den man wieder abbrechen wird, sobald seine Leiche vom Strick gelöst worden ist. Für ihn hat man ein Loch in den Boden des Hinrichtungsraums geschlagen, das man wieder verschließen wird, sobald er hindurchgefallen ist. Für ihn hat man einen Ofen bauen lassen,

den man nie wieder benutzen wird, wenn er darin verbrannt worden ist. Auch in dem für ihn angefertigten Glaskasten wird nie wieder jemand sitzen. Vielleicht, denkt Zeklikovsky, zerstört man sogar die Zelle, in der er gesessen hat, bricht die Wände heraus, setzt sie neu.
Der Fahrer hat unterdessen den Lastwagen in die Halle manövriert, die Soldaten haben schweres Geschirr um den Ofen gelegt, ein Kran wird ihn auf die Ladefläche hieven. Zeklikovsky stellt sich neben den Fahrer, der das Ganze mit kritischem Blick betrachtet. Wo bringt ihr ihn hin?, fragt er. Der Fahrer zuckt die Achseln. Keine Anweisungen bisher.

Irgendwo ein Ofen

Die Leiche des Verurteilten wird transportiert werden. Ziel des Transports wird Zeklikovskys Ofen sein.
Auch der Ofen wird transportiert: Mit Ketten gesichert, in graue Planen gehüllt, steht er auf der Ladefläche des Lastwagens, der gerade das Fabrikgelände verlässt und in Kürze die Stadtgrenze von Petach Tikvah passieren wird. Dem Fahrer, einem besonnenen Mann, den sie Epstein nennen, ist das Ziel der Fahrt noch immer nicht mitgeteilt worden.
Dennoch schlägt er eine Richtung ein, nach Süden, nach Ramlah, wo das Gefängnis steht, wo die letzten Vorbereitungen getroffen werden, wo die Leiche des Verurteilten hängen, wo man sie vom Strick nehmen wird. Der Lastwagen fährt, als säße niemand am Steuer. Ist es der Ofen, der die Route bestimmt, sucht er ungeduldig seinen Zweck, die zukünftige Leiche? Epstein, der Gas gibt, bremst, die Gänge wechselt, ist nur das Mittel.
Die Sonne steht schon tief. Den Bäumen am Straßenrand sind lange Schatten gewachsen, die sie wie Schwellen auf die Fahrbahn legen. Wenn der Laster die Schwellen überrollt, gleiten sie die Kühlerhaube hoch, verdunkeln für einen Moment die Windschutzscheibe, das Fahrerhaus, die verborgene Fracht. Auch das Gesicht des

Gefängnisdirektors berühren sie, der neben Epstein sitzt und die Augen geschlossen hält. Auf dem letzten Kilometer drosselt der Transport die Geschwindigkeit. Posten stehen beiderseits der Zufahrt zum Gefängnis, schwer bewaffnet, in höchste Alarmbereitschaft versetzt. Keiner der Soldaten hält den Wagen auf, die Männer nicken, salutieren bloß und winken ihn durch, weisen ihn zur Haupteinfahrt, dort öffnen sich die schweren Flügel des Tors. Von vier Seiten sind Scheinwerfer auf den Hof gerichtet; wo die Lichtbahnen sich berühren, die sie durch die Dämmerung ziehen, kommt der Lastwagen zum Stehen.
Fast glüht er im gleißenden Licht, die Konturen des Ofens zeichnen sich ab unter den Planen. Als hätte das Gefängnis jetzt seine Mitte bekommen, ein Herz, das schon schlägt, aber noch nichts durch die stählernen Adern treibt.
Die Zelle des Verurteilten hat keine Fenster; den Lastwagen kann er nicht sehen. Vielleicht hat er den Kopf gehoben, als das Motorengeräusch näher kam, aufgeschaut vom Blatt, das er gerade beschreibt, gelauscht und begriffen. Wenn es so ist, pocht in ihm jetzt sein letzter Wille, dreimal geschrieben, mit immer denselben Worten. Die drei Blätter liegen im Tresor des Gefängnisdirektors, das dritte, gültige, obenauf. Wer den Tresor jetzt öffnete, dem schleuderte das Blatt seine Sätze ins Gesicht:

Ich wünsche, dass meine Leiche von meinen Brüdern aus diesem Land in meine Heimatstadt gebracht wird.
Daselbst ist sie zu verbrennen.
Daselbst, dort, jenseits des Mittelmeeres, der Alpen, im Gebiet des ehemaligen Reichs, in einer Stadt, in der der Verurteilte nicht geboren ist, die er aber Heimat nennt. Dort. Nicht hier.
Der Direktor ist ausgestiegen und ins Hauptgebäude des Gefängnisses gegangen. Niemand kommt, niemand zu sehen, bloß der Lastwagen auf dem Hof und der Ofen. Epstein kurbelt das Fenster herunter. Murmelt der Ofen, zerrt an seinen Ketten? Wohl nur der Wind, der sich in den Planen fängt.
Der Gefängnisdirektor kehrt zurück, steigt auf den Beifahrersitz, wechselt ein paar Worte mit dem Fahrer. Epstein nickt, lässt den Motor wieder an, löst die Bremse, gibt Gas. Die Räder drehen durch, keinen Meter kommt der Transport voran.
Der Ofen leistet Widerstand. Sein Gewicht wächst. Er wiegt so schwer wie das Urteil, das zu vollstrecken ist. Die Nähe zum Verurteilten spiegelt Bilder ins Dunkel seiner Kammer, weckt ihn aus seiner eisernen Starre. Ketten rasseln herunter, Planen falten sich zur Seite, von oben packt ein Kran zu. Der Ofen strahlt im Scheinwerferlicht, wird angehoben, zur Seite geschwenkt, neben dem Wagen heruntergelassen,

fast fühlt er schon Kies und Asphaltsplitter unter sich. Aber das letzte Stück ist unüberwindbar. Der Boden leistet Widerstand. Wie Pfeilspäne im magnetischen Feld ordnen sich Kiesel und Splitter und stoßen den Ofen ab. Der pocht auf die Schwerkraft, auf seine Bestimmung: Hier soll er stehen, hier ist der Spruch des Gerichts zu erfüllen! Ein Ringen beginnt, ein Kampf zweier Kräfte, auf ihre Weise wirklich, mit physikalischen Gesetzen dennoch nicht zu fassen. Der Ofen als Vertreter des Urteils gegen den Boden als Advokaten der Sätze im Tresor. Auf-diesem-Hof gegen In-meine-Heimatstadt. Epstein lässt die Kupplung kommen, endlich fassen die Räder, der Motor brüllt auf, stößt schwarze Wolken aus dem Auspuff, der Laster passiert das Tor, umrundet das Gelände, kommt ein zweites Mal zum Stehen. Auch hier Scheinwerfer, aber nicht Kies, sondern grob gegossener Beton, besser geeignet vielleicht. Gut, hier will der Ofen stehen. Der andere Wille lässt ihn nicht.

Ich wünsche, dass meine Leiche von meinen Brüdern aus diesem Land in meine Heimatstadt gebracht wird.

Daselbst ist sie zu verbrennen.

Der Transport setzt sich ein weiteres Mal in Bewegung, kommt wieder zum Stehen, fährt wieder, kommt zum Stehen, fährt aufs Neue und kommt aufs Neue zum Stehen. Steinplatten sieht der

Ofen sich nähern und wieder entfernen, darauf ein wie vergessen hingeworfenes Werkzeug. Kleine leichte Zapfen auf sandigem Grund, Terebinthen und Zypressen haben ihre Früchte gestreut; sie bleiben liegen, den Ofen weist der Boden ab. Düfte als nächstes, grün und golden wehen sie ihm entgegen, berauschend, voller Verheißung, und doch kein Ort für Öfen, für diesen Ofen. In weitem Bogen wird er getrieben, nach Norden, nach Osten. Aus diesem Land in meine Heimatstadt. Der Ofen stemmt sich dagegen, umsonst. Daselbst ist meine Leiche zu verbrennen.
Die Luft schmeckt nach Salz und der Kühle der Nacht, als der Transport zum siebten, zum letzten Mal stoppt. Hölzerne Planken unter dem Ofen, vorsichtig berührt er sie, lässt sich nieder, hebt und senkt sich mit ihnen im Rhythmus der Wellen.

Jeder der sieben Orte hat den Ofen in gewisser Weise, behält ihn, bekommt ihn zugesprochen. Auf dem Hof des Gefängnisses, sagt eine Quelle, sei die Leiche des Hingerichteten eingeäschert worden. In einem Gebäude am Rande des Gefängnisgeländes, sagt eine andere. In einer stillgelegten Fabrik in Ramlah. In einem Lagerhaus in Ramlah. In einem Wäldchen außerhalb der Stadt. In einem Orangenhain nahe der Küste habe der Ofen gestanden, heißt es anderswo.

Ein Journalist, als Augenzeuge der Hinrichtung ausgewählt, schreibt, die Kremierung sei an Bord eines Polizeiboots erfolgt. Wohin es fuhr, schreibt er nicht.
An jedem dieser Orte, auf jedem Boden sieht man den Ofen stehen: versiebenfacht. Meine Asche ist in sieben Teile zu teilen.
Sieben Teile, sieben Orte, ein Ofen, der an jedem steht, das Brennende eines Willens gegen die Macht eines Urteils - Konstellationen, wie man sie sich ausmalt, wenn Spielraum da ist, wenn etwas geschieht, das zur Gänze nicht sichtbar wird. Anfang und Ende sind markiert, mit dem Index der Eindeutigkeit versehen, alles andere, die Details, bleiben offen, freies Feld, auf dem man Schicksalsfurchen ziehen und die Dinge sich fügen lassen kann wie im Märchen.

So war es nicht. Wie dann?
Vielleicht gab es gar keinen Transport, vielleicht keinen Epstein, der fuhr. Vielleicht ist auch der Ofen nur ein Bild, Ausdruck des Wunsches, der Kreis von Täter und Opfern möge sich schließen. „Ha'Aretz“ jedenfalls, die Tageszeitung, deren nüchterne, zuverlässige Berichterstattung geschätzt wird, weiß nichts von einem Ofen, der transportiert wurde.
Stattdessen ist die Tag und Nacht arbeitende Verbrennungsanlage eines Zementwerks erwähnt. Man hätte sich entschieden, die Leiche des

Verurteilten dort einzuäschern. Den Namen des Werkes zu nennen, sei verboten. Seine nächtliche Beleuchtung könne vom Gefängnis aus aber gut gesehen werden.

In Petach Tikvah, das heißt: Tor der Hoffnung, fügt ein Mann Stahl und Eisen zusammen. Pinchas Zeklikovsky baut einen Ofen für ein Unternehmen in Eilat am Roten Meer, das Fischknochen verbrennt. Er stellt sich vor, er baue den Ofen, in dem der Verurteilte verbrannt wird.

Körperverwertung. Das Fleisch wird filetiert, gebraten, gekocht, gedünstet, verzehrt, das Übrige weiterverarbeitet: die Haut, aus der man Fischleder herstellt, und die Knochen, die Gräten der Fische, die, wie andere Knochen auch, zu Mehl gemahlen oder eben zu Asche verbrannt werden. Fischknochenasche, die irgendeinem Zweck dient. Welchem?

Die Frage beschäftigte mich, obgleich mir jede Antwort recht gewesen wäre, nur wollte ich Zeklikovsky nicht loslassen, den Ofenbauer, der in den inneren Ring des Geschehens geraten und doch wieder hinausgetrieben war und nun verschwinden würde, mein Text konnte ihn nicht halten, mein Text musste zurück, nach Ramlah, ins Gefängnis. In die Zelle, zu Eichmann.

Ich zog das Blatt aus der Schreibmaschine, nahm ein neues. Als ich dabei war, es einzuspannen, hörte ich einen Schlag an meine Wohnungstür, einen Stoß eher. Ich schob mich zur Tür, horchte, meinte, Gemurmel zu hören, erstickte, unterdrückte Sätze waren es, die bald in Gesumm übergingen. Nagar hatte die Kippa in der Hand, als ich die Tür öffnete, wischte sich mit einem großen Taschentuch Schweiß von Stirn und Schläfen. Er steckte das Tuch wieder ein, griff nach dem Beutel, der neben ihm auf dem Boden lag. Ich habe dir Lammfleisch gebracht, Moshe.

Jetzt steht er neben meinem Schreibtisch, setzen möchte er sich nicht. Ich wollte dich fragen, Moshe. Ich will dich fragen.

Er wiederholt den Satz, er summt, er singt ihn. Ich will dich fragen, Moshe, ich will dich fragen. Deshalb hat er sich auf auf den Weg gemacht: um eine Antwort zu bekommen. Die Absicht zu fragen hat er noch, ihr Objekt offenbar unterwegs verloren, vielleicht hat seine Unruhe es zerrieben, vielleicht hat die Anstrengung, die der Weg gekostet haben muss, es auch verbraucht. Er holt wieder sein Taschentuch heraus, nimmt die Kippa ab, wischt sich von vorne nach hinten über den Schädel, wischt sich den Nacken. Was, Shalom? Was möchtest du mich fragen? Er schiebt die Kippa wieder auf den Hinterkopf, steckt das Tuch wieder ein. Seine Augen, die bisher umhergeirrt sind, finden einen Fokus. Er schaut auf die Seiten, die ich beschrieben habe, auf das Blatt, das halb in der Maschine steckt. Er schaut zu mir. Ich will dich fragen, Moshe. Ich will dich fragen: Wohin schreibst du mich?

Warum ist Ben nicht da. Der würde nachhaken. Wie meinst du: wohin, Shalom? Nagar müsste erklären und gleich wäre alles einfach. Mir steht Bens Rolle nicht zu, ich habe Antworten zu geben, schon mein Zögern wird Nagar enttäuschen. Aber was soll ich sagen? Seine Frage überrascht und trifft mich gleichermaßen. Darüber hat er nachgedacht, das beunruhigt ihn? Shalom Nagar, den ich bislang für eine Erzählmaschine gehalten habe, immun gegen jeden anderen Text, eingesponnen in seinen Eichmann wie in einen Kokon? Und jetzt steht er hier, vibrierend vor Unruhe, empfindlich gegen die Blätter, die auf meinem Schreibtisch liegen, empfänglich für meine Stimme, meinen Eichmann, besorgt um meinen Nagar. Nein, um sich selbst: Den Nagar, den ich schreibe, unterscheidet er nicht von dem, der hier steht.

Obwohl er nur den Anfang kennt und zwei, drei Bruchstücke, fühlt Nagar sich in meinem Text. Wohin schreibst du mich?

Ich schreibe über dich und Eichmann, Shalom, antworte ich leise, aber der Weg, dem ich folge, ist Eichmanns. Vom Tag vor der Urteilsverkündung bis zum Schluss. Du gehst, mein Nagar geht Eichmanns Weg mit.
Nagar nickt, dennoch weiß ich nicht, ob er zugehört hat. Sein Blick ist wieder abgeschweift, kann sich nicht lösen von den Blättern, die auf meinem Schreibtisch liegen. Er zeigt darauf. Wo sind wir?
31. Mai 1962, Shalom. Der Präsident hat Eichmanns Gnadengesuch abgelehnt. Vorbereitungen werden getroffen. Gerade habe ich über den Transport des Ofens geschrieben.
Zeklikovsky hatte ihn gebaut, Moshe. In Petach Tikvah.
Ja, sage ich. Mag der Reporter von „Ha'Aretz“ schreiben, was er will. Mir ist Zeklikovskys Ofen auch näher als die Verbrennungsanlage irgendeines Zementwerks.
Es war mein freier Tag, weißt du.
Ich weiß, Shalom. Den Anfang des Kapitels hatte ich im Kopf ja schon fertig und hatte auch die Überschrift:

Ende eines freien Tages

Der 31. Mai 1962 ist Nagars freier Tag. Er hat lange geschlafen, seine Werkzeuge gereinigt, den Maschendraht des Hühnerstalls geflickt. Jetzt geht er mit Ora und dem kleinen Sohn spazieren. Sie wohnen in einer engen Siedlung, Haus an Haus, weiße Kuben unter hellroten, flach geneigten Dächern, kaum zu unterscheiden. Die Hauptstraße ist breit, alles andere sind Gassen, zwischen die Gebäude gepresst. Nur hinter den Häusern gibt es ein wenig Raum, Platz für ein Gärtchen, einen Schuppen, ein paar Tauben oder Hühner. Nagar genügt das, aber Ora will hinaus, vor die Stadt, wie sie das nennt, obwohl sie bloß die Siedlung verlassen und bis zu den Hügeln gehen, um die sich ein Weg zieht, von Strommasten gesäumt. Der Weg ist staubig, voller Steine, hier und da mal ein niedriger, trockener Busch. Ora hat den Jungen an der Hand, Nagar geht nebenher, die Arme vor der Brust verschränkt, den Kopf gesenkt, und grübelt. Worüber, könnte er nicht sagen. Keine Gedanken stauen sich, keine Probleme, die er bedenken würde, keine Pläne. Eher ist es eine Art Warten, ein Pausieren im Kopf, dem der Körper nicht folgt.

Plötzlich ist Ora stehengeblieben, Moshe. Sie hat den Jungen auf den Arm genommen und sich umgedreht. Da kam ein Auto hinter uns, es fuhr so schnell, dass wir nur eine Staubwolke sahen. Wir traten zur Seite, damit der Wagen passieren konnte. Doch als er auf unserer Höhe war, bremste der Fahrer ab, die hintere Tür wurde aufgestoßen, jemand griff nach mir, zog mich hinein, die Tür schlug zu, der Fahrer gab Gas. Aus den Augenwinkeln habe ich noch Oras Gesicht gesehen, der Mund stand ihr offen, so erschrocken war sie. Ich war auch durcheinander, dann habe ich aber den Fahrer erkannt, es war einer meiner Kollegen. Und der Mann, der mich auf den Sitz gezogen hatte, war Merhavi, mein Kommandant. Keiner der beiden hat ein Wort gesagt. Ich wusste auch so, worum es geht.

Nagar erzählt anders als sonst, matt, ohne innere Beteiligung. Während seine Rastplatz-Geschichten auch bei der dritten Wiederholung noch sprühen, spult er diese hier ab, als sei sie ein Pflichtprogramm. Ihm fehlt die vertraute Umgebung, ihm fehlt Ben, der einhakt, Klärungen will, der jetzt nach Ora fragen würde. Hat Ora denn nicht die Polizei gerufen? Sie muss doch geglaubt haben, du wirst entführt, Shalom! Und Nagar könnte erläutern, ergänzen, aus dem Stand eine Variation anbieten, zum Beispiel behaupten, dass sie angehalten, gewendet hätten, damit er Ora beruhigen konnte. Ein Kollege ist krank geworden, habe ich ihr gesagt, jetzt fehlt ihnen ein Mann für die Nachtschicht. Von Eichmann durfte sie ja nichts wissen, Merhavi hatte uns verboten, darüber zu reden.
Ben fehlt, aber das ist es nicht allein. Irgendetwas beschäftigt Nagar. Nicht die Frage, mit der er hergekommen ist. Etwas anderes, das er auf dem Rastplatz nicht sagen kann

oder will, etwas, das er mir alleine sagen muss und das zu sagen ihm schwerfällt. Also warte ich. Nagar schaut sich im Zimmer um, steckt die Hände in die Hosentaschen, nimmt sie wieder heraus, schiebt die Blätter zusammen, die verstreut auf meinem Schreibtisch liegen, richtet den Stapel so, dass er akkurat mit der Tischplatte abschließt.
Weißt du, Moshe – ich erzähle euch Geschichten, Ben und dir. Wenn ihr kommt, erzähle ich euch. Ich sage, es sind richtige Geschichten, etwas, das wirklich passiert ist.
Es ist passiert, Shalom. Der 31. Mai 1962 war dein freier Tag. Sie haben dich abgeholt –
Der Weg, auf dem Ora und ich spazierengehen, ist schmal, Moshe. Kaum zwei Fuß ist er breit, überall liegen Steine. Ein Auto kann da nicht fahren. Wie hätten sie mich auch finden sollen, vor den Hügeln. – Ich erzähle Eichmanns Entführung, Moshe. Ihn haben sie ins Auto gezogen, ein paar Meter von seiner Frau entfernt. Es war sein Hochzeitstag, weißt du. Er hatte Blumen für seine Frau besorgt, deshalb ist er auch mit einem späteren Bus gekommen. Die Mossad-Leute hatten ihn beobachtet, wochenlang, immer kam er mit demselben Bus, er ist ausgestiegen, hat seinen Mantel glattgestrichen, gewartet, bis der Bus abgefahren ist, dann ist er über die Straße zu seinem Haus gegangen. An dem Abend aber, an dem sie ihn kidnappen wollten – der Bus kam, die Tür ging auf, die Tür ging wieder zu, der Bus fuhr ab. Kein Eichmann. Sie dachten, er weiß alles. Er hat sie bemerkt, er ist weg. Verzweifelt waren sie. Warum hatten sie so lange gewartet! Sie saßen in ihren Autos, haben diskutiert, überlegt, was sie jetzt tun sollen. Da kam der nächste Bus. Die Tür geht auf, Eichmann steigt aus, seine Aktentasche

in der einen Hand, in der andern einen Blumenstrauß. Da wussten sie, jetzt haben sie ihn. So war das, Moshe. Er erzählt mir die Geschichte oft. Den Mossad-Leuten macht er keinen Vorwurf. Sie haben gute Arbeit geleistet, sagt er. Er kennt sich aus, er war ja auch beim Geheimdienst. Geheime Staatspolizei, so hieß das.
Während Nagar redet, macht er sich an meiner Schreibmaschine zu schaffen, hat das schief und halb eingespannte Blatt herausgezogen und sorgfältig wieder eingelegt.
Er erzählt mir so oft, Moshe. Er erzählt mir, ich erzähle euch. Manchmal weiß ich nicht – manchmal wird Eichmann Nagar, und Nagar wird Eichmann. Ich will das nicht. Du musst schreiben, Moshe. Wie es war, musst du schreiben.

Wie es war, musst du schreiben. Mit dem Satz hat er mich allein gelassen. Als ich wieder an der Schreibmaschine sitze, zweifle ich einen Moment lang, dass er wirklich hier gewesen ist. Aber auf dem Tisch liegt das Lammfleisch. Wie war es? Vielleicht einfach so:

Der 31. Mai 1962 ist Nagars freier Tag. Er hat lange geschlafen, seine Werkzeuge gereinigt, den Maschendraht des Hühnerstalls geflickt. Jetzt geht er mit Ora und dem kleinen Sohn spazieren, durch staubige Gassen, bis an den Rand der Siedlung. Ora beschäftigt sich mit dem Kind, Nagar, die Arme vor der Brust verschränkt, den Kopf gesenkt, geht nebenher und grübelt. Als sie zurückkommen, steht ein Auto vor dem Haus, zwei Männer daneben, beide rauchen. In dem einen erkennt Nagar seinen Kommandanten. Jetzt sieht der ihn auch, wirft die Zigarette weg, tritt sie aus, richtet die Uniform, kommt auf ihn zu. Es ist soweit, Shalom, sagt er. Nagar nickt, als schüttle er den Kopf.

Keine Furcht, keine Hoffnung

Der Verurteilte weiß nicht, dass sein Henker auf dem Weg zu ihm ist. Er hat eine langwierige ärztliche Untersuchung über sich ergehen lassen müssen, deren Ergebnis für den Arzt zufriedenstellend war. Der Verurteilte ist in der Lage, gehängt zu werden. Todesfähig.

Nun ist er wieder in seiner Zelle, hat sich auf die Pritsche gelegt. Ihm gegenüber ein Wächter, den er nicht kennt, den er auch nicht mag, weil der steif ist wie ein Stock. Er vermisst den Kleinen, Korpulenten. Den mit den treuen Augen und dem unpassenden Frauenhelden-Schnurrbart. Noch immer stapeln sich Bücher auf dem Tisch, Abhandlungen, die der Verurteilte längst kennt, längst durchgearbeitet hat. Lumpen, Lügner und Sauhunde, die Autoren, allesamt. Der Reitlinger wie der Poliakov, von diesem Brand gar nicht zu reden. Er könnte es beweisen, er wird das beweisen, wenn sie ihm nur wieder Papier geben. Das Abendessen kommt, einfach wie immer: Brot, Wurst, Oliven, schwarzer Tee. Er isst alles auf, wie immer.

Das Geschirr wird abgeräumt, Stück für Stück durch die Türklappe gereicht, die man seit der Entscheidung des Berufungsgerichts zumeist geschlossen lässt. Ein Schein von Privatheit, die Illusion des Für-sich-seins soll dem endgültig Verurteilten gewährt werden. Einige

Zeit später wird die Klappe erneut geöffnet, der Wächter erhebt sich steif, nimmt steif den Schlüssel entgegen, schließt auf und salutiert, als der Gefängnisdirektor die Zelle betritt. Auch der Verurteilte ist aufgestanden und hat Haltung angenommen. Der Direktor nickt ihm zu. Seit langem hat er ihn nicht mehr angesehen. Immer war sein Blick gesenkt, wenn er in die Zelle kam, als interessierten ihn die Fliesen, nichts sonst. Jetzt sieht er ihn an. Um Mitternacht, sagt er. Stellt zwei, drei Fragen, dann lässt er Papier bringen und Stifte.
Der Verurteilte schreibt wieder. Zuerst einen Brief an seine Frau und seine Söhne. Als letzten Wunsch bat ich mir Schreiberlaubnis für diesen Brief, schreibt er, freies Rauchen und eine Flasche Rotwein. Den Rotwein, setzt er in Klammern hinzu, versprach man mir für etwas später.
Viele sagen, er habe eine Flasche roten Karmelwein getrunken, jenen Wein aus dem Land der Opfer, den die Deutschen liebten, seit er 1896 in Berlin auf der Gewerbeausstellung ausgeschenkt worden war. Koscherer Wein, aus Rebstöcken des Barons Rothschild gewonnen. Diesen Wein als Henkersschluck zu wählen, wäre eine besondere Geste, deutbar als Zugeständnis, vielleicht sogar als Wille zu einer Art von Versöhnung. Hatte der Verurteilte nicht geschrieben: Auch Frieden mit meinen ehemaligen

Feinden möchte ich finden? Ein Wunsch, so absurd, dass man ihm, absurderweise, glauben möchte.
Aber so war es nicht. Inzwischen habe ich auch eine Flasche Wein bekommen, schreibt der Verurteilte weiter in seinem Brief. Man gab mir die Wahl zwischen süßem Rotwein oder herbem Weißwein. Ich zog nach kurzem Überlegen den letzteren vor.
Herben Weißwein also, und dazu raucht er eine Zigarette nach der andern. Isst er noch etwas, hat er sich eine allerletzte Mahlzeit ausbedungen? Anscheinend nicht. Er hat ohnehin keinen Hunger, die Zeit fehlt, er muss schreiben, die Sachen im Detail darlegen, Hinweise geben, die alles aufklären werden. Er schreibt weiter, nachdem der Brief beendet ist, genügend Papier hat der Direktor ihm gewährt, die Stifte sind gut gespitzt, wie immer. Der Verurteilte schreibt und trinkt die halbe, es heißt auch: die ganze Flasche Wein dazu. Unterbrochen wird seine Arbeit durch einen letzten Besuch. Noch einmal also ins Besprechungszimmer, noch einmal durch Glas reden. Unwillig fast legt der Verurteilte den Stift aus der Hand, strafft sich dann aber, steht auf und folgt dem Wächter.
Auf der anderen Seite sitzen Reverend Hull und seine Ehefrau, die ein schwarzweißes Kostüm trägt und einen modischen kleinen Hut mit

Taubenfeder. Zur Vorbereitung dieses letzten Gesprächs hat Hull dem Verurteilten einen langen Brief geschrieben, sich auseinandergesetzt mit dessen Sicht des Menschen, der Menschheitsgeschichte und der großen, gelassenen Ordnung, in die alles eingefügt sei.

Der Mensch, behaupten Sie, schreibt Hull, sei noch im Werden und in einer ständigen Weiterentwicklung zur Vollkommenheit. Schade, dass Sie in den beiden letzten Jahren nicht mehr in Berührung mit dieser Welt gekommen sind. Man braucht sie nur anzusehen, um zu erkennen, was für hoffnungslose Zustände der Mensch auf der Erde hervorgebracht hat. Entwicklung zu immer größerer Vollkommenheit? Ich fürchte, der Mensch hat die äußerste Grenze erreicht und steht im Begriff, die Welt in ein völliges Chaos zu verwandeln. Von Gott behaupten Sie, er sei kein zürnender und kein strafender Gott. Mit anderen Worten, Sie glauben nicht, dass er der Richter der ganzen Welt sei. Sie sagen, Ihre Seele werde beim Tod des Körpers frei; davon seien Sie überzeugt, und Sie fragen, wer beweisen könne, dass es nicht so sei? Ich frage: wo haben Sie den Beweis, dass es so ist? Werfen Sie Ihre eigenen Ideen über Bord. Lesen Sie Gottes Wort und glauben Sie. Nehmen Sie Christus als Ihren Erlöser an und lassen Sie sich retten. DAS IST IHRE EINZIGE HOFFNUNG.

Ihr sehr ergebener (Rev.) William L. Hull

Die Großbuchstaben sind ihm jetzt ein wenig peinlich. Wie ein verblasstes Plakat, der Satz. Wirkungslos. Hier geht es nicht um Hoffnung. Dem Mann, der vor ihm sitzt, ist diese Leidenschaft fremd. Jemand, etwas hat sie abgetötet in ihm. Dieser Mann hofft, fürchtet nichts. Ohne Tugend, ohne den Wunsch danach, und in dieser Leere ruhig, als beglaubige ihn eine höhere Macht. Satan ist ungebeugt in ihm, hält ihn, trägt ihn - wohin? Hull schaudert, dann zuckt er zusammen. Sein Kopfhörer knackt. Guten Abend, sagt der Verurteilte. Sie sehen so betrübt aus. Warum sind Sie traurig? Ich bin gar nicht traurig.
Wir - wir sind traurig, weil Ihr Ende gekommen ist, antwortet Hull und ärgert sich, dass er stammelt. Fest stehen muss er! Und hat schon den Faden verloren. Der Frieden auf diesem Gesicht, dieses sanfte Lächeln. Hull erträgt das nicht. Spucken, geifern, brüllen soll Satan!
Wenn Sie bereuen, sind wir nicht mehr traurig, sagt seine Frau. Ihre Stimme, ohnehin hoch, klirrt dabei. Tut Ihnen leid, was Sie getan haben? Sind Sie bereit zu bereuen?
Ich habe meine Meinung nicht geändert, antwortet der Verurteilte mit freundlicher Milde. Ich stehe innerlich ganz fest.
Wann man ihm mitgeteilt habe, dass sein Ende bevorstehe, fragt Hull. Gerade erst, sagt der Verurteilte. Kaum zwei Stunden lässt man mir zur Vorbereitung. Man überstürzt die Dinge, wie

schon bei der Berufung.
Denken Sie an den Schächer am Kreuz, sagt Hull. In letzter Minute, am Kreuz hängend, bereute er. Rufen Sie den Namen Jesu an.
Ja, rufen Sie Jesu Namen an, wiederholt seine Frau.
Der Verurteilte lässt seine graublauen Augen auf ihr ruhen. Er sieht eine verspannte, mit evangelistischem Eifer gepanzerte Frau, die sitzt, als stehe sie schon wieder, und steht, als sei sie längst schon wieder unterwegs. Wohin nur? Nicht zu seinem Ziel. Das zu wissen, genügt dem Verurteilten.
Wird Ihr Gatte mit mir gehen bis zum Ende?, fragt er die Frau des Predigers leise. Die Frage scheint, ganz unerwartet, den Panzer zu sprengen. Fast warm wird ihr Blick, und sie schmiegt sich an die Lehne ihres Stuhls wie an eine schützende Schulter. Ja, antwortet sie. Bis zum letzten Augenblick.
Der Verurteilte nimmt die Kopfhörer ab, erhebt sich, deutet eine Verbeugung an. Die Wächter führen ihn in seine Zelle zurück. Kaum ist die Tür verriegelt, schreibt er weiter.

Gang zum Galgen

Er schreibt immer noch, als die Türklappe sich öffnet, der Schlüssel hindurchgereicht, die Tür wieder aufgeschlossen wird und die beiden Wächter und der Gefängnisdirektor die Zelle betreten. Dem Kollegen, der in der Zelle wacht, nicken sie zu. Es ist soweit.
Der Verurteilte sieht auf, erhebt sich von seinem Stuhl, zögert und stützt eine Hand auf die Tischplatte. Die andere hebt er, legt sie über die Brille, bedeckt seine Augen.
Ein Schwächeanfall, glaubt der Direktor. Jetzt spürt dieser Mann die Last der Schuld, für die er in wenigen Minuten mit seinem Leben zahlen wird. Jetzt sieht er das Ende und will es doch nicht sehen. Schwäche, ein Zeichen, auf das man lange genug gewartet hat, vergebens bisher. Jetzt endlich steht ein Mensch in dieser Zelle, und der Direktor fühlt mit ihm, er kann es nicht ändern. Verstohlen gibt er den Wächtern ein Zeichen, sich zurückzuhalten. Korrektheit und Konsequenz verlangt er von ihnen, aber auch, dass sie das Menschliche achten.
Inzwischen hat der Verurteilte sich wieder auf seinen Stuhl gesetzt, den Stift zur Hand genommen und weitergeschrieben. Schwächeanfall? Nichts dergleichen. Bloß konzentrieren wollte der sich, um seinen Gedanken, seinen Satz, dieses Zeug, das der schreibt wie von Furien

getrieben, noch zu Ende bringen zu können! Der Direktor spürt Abscheu, als er seinen Irrtum bemerkt, Hass sogar. Das ist kein Mensch! Das ist ein Monstrum.

Wieder gibt er den Wächtern ein Zeichen, diesmal mit finsterer Miene. Sie treten an den Tisch, einer der beiden legt dem Verurteilten hart und trocken die Hand auf die Schulter. Unbeeindruckt schreibt der weiter. Zu zweit müssen sie ihn an den Armen fassen und wegziehen vom Papier. Verwirrt schaut er die Wächter an; es scheint, als verstünde er wirklich nicht. Einer der Wächter zeigt auf seine Brille, die braucht er nicht mehr. Gehorsam setzt der Verurteilte sie ab.

Steht da mit ungeschütztem Auge, richtet seinen nun schwimmenden Blick auf den Direktor, weist fragend auf die Anstaltskleidung, in der er immer noch steckt. Wo bleibt sein blauer Anzug?! Man wird ihn wohl kaum in braunem Hemd und schlackernder brauner Hose und diesen Filzhausschuhen hinrichten wollen? Die Vereinbarung war doch: Wenn er öffentlich aufzutreten hat, gibt man ihm seinen blauen Anzug, das weiße Hemd, die blaugestreifte Krawatte. Und was ist dies hier anderes als ein öffentlicher Auftritt?

Der Direktor verneint. Blauer Anzug ist nicht vorgesehen.

Die Wächter legen dem Verurteilten Handschellen

an, nehmen ihn in die Mitte und betreten den Vorraum, wo Reverend Hull schon wartet, ein Neues Testament, schwarz eingebunden, in den Händen. Gehen durch die Öffnung, die man in die Mauer des Besprechungszimmers gebrochen hat. Stein- und Mörtelsplitter liegen auf dem Boden, knirschen unter den schwarzen Halbschuhen Hulls, dem groben Schuhwerk der Wächter, den Filzsohlen des Verurteilten. Als letzter folgt der Gefängnisdirektor.

Die fünf Männer setzen sich in Marsch, überqueren den Treppenabsatz und betreten den langen Korridor. Langsam! Langsamer! Der Ruf des Direktors gilt Hull, der die Prozession anführt und den Schritt beschleunigt hat. Scheut der Prediger die körperliche Nähe des Verurteilten? Keine Glaswand mehr, die sie trennt, kein durch Mikrophon und Kopfhörer verfremdetes Gespräch, nur das Geräusch von Schritten hinter ihm, die näherkommen. Nur das unheimliche Gefühl, seelenlose Augen seien direkt auf seinen Rücken gerichtet und durch den Rücken auf sein Herz. Der Verurteilte schwankt ein wenig, vielleicht liegt es am Wein, den er zu rasch getrunken hat, vielleicht daran, dass er nicht zu Ende hat schreiben dürfen und seinem letzten, unvollendeten Satz nachhängt - die Wächter treiben ihn voran, der Satz zieht ihn zurück, er muss den Punkt doch noch setzen, sonst

werden diese Sachen, die Angelegenheiten nie aufgeklärt.
Auf halbem Weg wird das Schwanken stärker, die Wächter halten dagegen, der Verurteilte bleibt stehen. Unwillig bellt der Direktor von hinten einen Befehl, die Wächter packen zu, der Verurteilte kämpft gegen ihren Griff. Nun bleibt auch Hull stehen, dreht sich um, das Neue Testament erhoben wie einen Schild.
Kein Angriff zu befürchten: nur die Nase des Verurteilten läuft. Der Hände beraubt, die ihm auf den Rücken gefesselt sind, hebt er gestikulierend die Schultern, deutet mit dem Kinn auf die linke Brusttasche. Jetzt versteht auch einer der Wächter, holt das Tuch heraus, das in der Tasche steckt, und putzt dem Verurteilten die Nase, erstaunlich sanft tut er das, so, wie ein Vater mit seinem Sohn verfährt.
Als sie sich wieder in Bewegung setzen, taucht am andern Ende des Ganges ein Wächter auf, der abwehrend die Hände hebt. Halt! Nicht fertig.
Welch' grausige Situation, notiert Hull später in seinen Aufzeichnungen, hinter mir steht schwankend der Verurteilte zwischen seinen Bewachern, er ist bereit für den Tod, die Henker aber sind nicht bereit für ihn.
Retardierende Momente, die irgendeinem Schema zu folgen scheinen: zuerst von hinten gebremst, dann in der Mitte, nun von vorn. Es fehlt,

dass von unten etwas geschieht oder noch auf dem allerletzten Meter von oben ein Stopp herbeigeführt wird. Als solle, als dürfe dieser Zug nicht eintreffen am Ort seiner Bestimmung. Vielleicht denkt der Gefängnisdirektor ähnlich, vielleicht bemerkt auch er das seltsame Muster der Stockungen im Fahrplan. Mit dem Machtwort, das er jetzt spricht, will er die Gespenster bannen, den Knoten ein- für allemal durchhauen: Es hat fertig zu sein! Ein Imperativ, der sich als Feststellung gibt. Vorwärts!

Sie gehen weiter. Der Wächter am Ende des Ganges, der Haltung angenommen hat, öffnet die Tür. Der Prediger bleibt stehen, um dem Direktor, den Wächtern und dem Verurteilten den Vortritt zu lassen.

Ein Teil des Raums, dessen Größe der einer Zelle entspricht, ist durch schwarzes Tuch abgetrennt, das über einem Draht hängt, ein Vorhang, der noch träge schwingt und dann zur Ruhe kommt. Das Tuch, meint Hull zu erkennen, verbirgt einen langen Hebel, der aus dem Boden ragt. Dahinter ist jemand zu erahnen, ein Mann, zwei?

Vor dem Vorhang drängen sich vier Journalisten, die als Augenzeugen berichten sollen, der Gefängnisarzt, weitere Wächter. Fünfzehn Personen insgesamt, heißt es. Manche meinen, zehn. Eine andere Quelle behauptet: vier. Die übrigen hätten im Nebenraum gestanden und durch eine Glasscheibe das Geschehen verfolgt.

Fraglos ist, dass die Wartenden versucht haben, Abstand zu wahren. Keiner von ihnen berührt den Verurteilten, keiner die quadratische Eisenplatte in der Mitte des Raums.

Vorletzte Sätze

Keiner regt sich. Die Wächter schauen auf ihren Kommandanten, der Kommandant sieht den Direktor an, der Direktor starrt hoch zur Decke. Einer müsste die Sache jetzt in die Hand nehmen. Vorschriften für den Ablauf gibt es nicht, aber man weiß doch, wie Erhängen geht. Der Direktor weiß es aus seinem Handbuch, den Wächtern wird die Prozedur aus Romanen geläufig sein. Oder aus dem Kino.

Einen der Wächter scheint der Verurteilte zu fixieren, einen Mann seines Alters, mittelgroß, kahler runder Kopf, Brille mit Gläsern wie Lupen, Schnauzbart. Wie gut der Verurteilte ihn erkennt, lässt sich nicht sagen, ihm fehlt die Brille, aber vielleicht sieht er genug, um die Ähnlichkeit zu bemerken: Der Mann könnte der Zwillingsbruder jenes Offiziers sein, der ihn, lange vor Eröffnung seines Prozesses, über Monate verhört hat. Vieles hatte der Gekidnappte diesem sanft auftretenden, höflichen Hauptmann anvertraut, mehr sogar, als er wollte. Manchen Satz musste er zurechtrücken, zurücknehmen, wenn man ihm tags darauf die Verhörprotokolle zur Durchsicht vorlegte. Auch vom Erhängen hatte er in den Verhören gesprochen, erklärt, dass er bereit sei, sich in diesem Land selbst aufzuknüpfen, öffentlich, zur Abschreckung. Und von Courage hatte er geredet, von seinem Willen,

nichts abzuwälzen, sondern für die Sachen, in die er verwickelt gewesen war, einzustehen. Es ist natürlich ein trauriger Mut, den ich hier aufzubringen habe, hatte er gesagt, aber habe ich damals den Schneid gehabt und habe Jawohl gesagt, dann habe ich auch heute den Schneid und sage: Bitte! Hier, mein Kopf - liegt auf dem - dorthin, wo er hingehört.
Wo er hingehört: Der Verurteilte macht zwei Schritte, stellt sich auf die quadratische Platte, steht gerade, die Füße in den karierten Filzhausschuhen nebeneinander. Seit er in diesem Raum ist, schwankt er nicht mehr.
Als hätten sie darauf gewartet, regen sich nun auch die andern Beteiligten, kritzeln Schlagzeilen für die Zeitung von morgen auf Notizblöcke, tasten in der Kitteltasche nach Stethoskop und Spiegel, drehen die Kurbel, welche von der Decke des Raums das Seil mit der Schlinge herunterlässt. Jesus, Jesus, Herr Jesus, mein Heiland!, vernimmt man die Stimme des Predigers, der vor den Verurteilten getreten ist und mit Inbrunst den Erlöser anruft, in der Hoffnung auf ein Wunder, eine Bekehrung, ein Bekenntnis unterm Galgen. Vieler Worte bedarf es dazu nicht, keiner Dispute, keiner Begründung. Nur den Namen des Herrn müsste der Verurteilte nennen. Dieses eine Wort nur. Dieses eine Mal.
Der Verurteilte öffnet auch den Mund. Was er aber zu bekennen hat, braucht mehr als ein Wort

und größeres Publikum als den totenblassen Hull, dessen Botschaft er womöglich nicht einmal hört. Kein armer Büßer spricht von der Platte in der Mitte dieses Raums, keine reuige Seele. Ein Staatsmann eher, der ins Weite redet, sich berauscht an seinen Sätzen, die er herzeigt wie Fahnen und hochzieht am Mast:

Es lebe Deutschland. Es lebe Argentinien. Es lebe Österreich. Das sind die drei Länder, mit denen ich am engsten verbunden war. Ich werde sie nicht vergessen. Ich grüße meine Frau, meine Familie und meine Freunde. Ich hatte den Gesetzen des Krieges und meinem Eid zu gehorchen. Ich bin bereit.

Die Wächter fesseln seine Füße mit einem Riemen. So kann ich nicht stehen, sagt der Verurteilte. Sie lockern die Riemen. Der Kommandant legt ihm den Strick um den Hals, ein vier Zentimeter starkes Seil. Die Schlinge ist mit Gummi ummantelt und doppelt geknüpft; der Verurteilte muss den Hals recken wie in einem engen Kragen, damit es passt. Der Kommandant zeigt ihm eine schwarze Kapuze, andere sagen: eine schwarze Augenbinde. Wollen Sie das?, fragt er. Nein, das brauche ich nicht, sagt der Verurteilte. Sein Ton ist ungehalten, man merkt ihm an, dass er nicht mehr behelligt, nicht präpariert, nicht unterbrochen werden will. Denn fertig ist er noch nicht.

Seine Augen richten sich auf die Wächter, die hinter dem Kommandanten stehen, mit den Rücken zur Wand. In einem kurzen Weilchen, meine Herren, sagt er, sehen wir uns ohnehin wieder. Das ist das Los aller Menschen.
Die Wächter rühren sich nicht; sie verstehen kein Deutsch. Der Kommandant versteht, aber auch er rührt sich nicht. Einzig der Prediger, von einem vagen Grauen erfasst, seit der Verurteilte begonnen hat zu sprechen, zeigt Wirkung. Mit letzter Kraft, die er aus dem Glauben an die Unverbrüchlichkeit seiner Sendung schöpft, hält er diesem Verlorenen das Neue Testament entgegen: Jesus. Mehr als die zwei Silben bringt er nicht heraus, legt sie auf das Buch wie eine Hostie, sucht flehend den Blick des Verurteilten. Der beachtet ihn nicht. Niemanden beachtet er mehr.

Drop

Fertig!, ruft der Kommandant.
Die Spannung ist fühlbar im Raum, kompakt wie ein Ding mit Länge, Breite und Höhe. Man riecht Schweiß: Reaktion des vegetativen Nervensystems auf verschiedene Reize.
Der Schweiß der Wächter ist Premierenfieber. Erfahrung haben sie nicht mit diesen Sachen, und ob man dem Handbuch des Direktors trauen kann, wer weiß. Ist auf den Mechanismus unter der Eisenplatte Verlass, wird das Seil ablaufen wie geplant und wie geplant zum Stehen kommen? Wird das Galgengestell halten? Hätte man nicht doch diesen britischen Spezialisten einfliegen sollen? In der Presse war der Name Albert Pierrepoint mehrfach genannt worden; es galt als ausgemacht, dass er die Sache durchführen werde. Die Verantwortlichen hatten einen Henker aus dem Ausland jedoch nie in Erwägung gezogen. Wir müssen das selbst tun, hieß es, und wir können das selbst. Für die Generalprobe hatten sie einen Sack benutzt, dessen Gewicht sie abschätzen mussten, eine geeignete Waage stand nicht zur Verfügung. Der Sack war schön durchs Loch gefallen, hatte ruhig danach am Strick gehangen, nur was besagte das? Genickbruch? Ersticken? Ein Sack stirbt nicht. Hängt einfach da.
Der Schweiß des Predigers ist biologischer Unglaube. Kein menschlicher Körper sagt: Tod, wo

ist dein Stachel? Jeder windet sich, wehrt sich, stößt diese trockene Verneinung ab, die aller Frohen Botschaft zum Trotz noch immer bis ins Knochenmark erschreckt. Ein uralter Reflex, die Angst des Daseins, die niemand uns nimmt.
Der Schweiß des Gefängnisdirektors ist metaphysisch. Folge der Absurdität, dass diese beiden Pole, die Extreme des Seins und des Nichts, in einer einzigen Sekunde sollen kurzgeschlossen werden können. Nicht zu ertragen. Alle Poren öffnen sich, betäuben die Haut, die das überforderte Hirn erhitzt, mit kaltem Sekret.
Fertig!
Jetzt ist die Angelegenheit delegiert an den Mann, die Männer hinter dem Vorhang. Der Prediger hat einen Hebel gesehen. Andere Augenzeugen beschreiben eine Apparatur mit zwei Knöpfen, vor der zwei Wächter standen. Beide, heißt es, drückten gleichzeitig ihren Knopf, nur einer löste den Mechanismus aus. Keiner von beiden wusste, welcher. Keiner sollte sagen können: Ich, ich habe diesen Mann getötet.
Fertig!
Der Verurteilte hebt den Kopf, öffnet den Mund – für einen letzten, den allerletzten Satz?
Ein Klicken. Die eiserne Platte unter seinen Füßen gibt nach, der Verurteilte fällt in die Tiefe.
Es ist zwei Minuten vor Mitternacht.

Anschließend Stille. Der sich selbst genügende Gesang des Todes, einsilbig, unterbrochen nur vom Pendeln des Seils und dem gleichmäßigen, anhaltenden Tropfen irgendeiner Flüssigkeit auf den Boden des Raums, den die Falltür geöffnet hat.

Er und ich

Nach einiger Zeit Bewegung hinter dem schwarzen Vorhang. Irgendetwas wird gerückt, jemand räuspert sich, klärt seine Kehle. Das Tuch wird zur Seite gezogen, Nagar tritt heraus, blinzelnd, die plötzliche Helligkeit im Raum verwirrt ihn. Niemand mehr da.
Leere Bühne. Rampenlicht. Und hier steht er, der kleine Jemenit, Wärter, Henker, dem die Hände zittern. Was hat er getan?
Er erinnert sich, holt Stück für Stück die Szenen dieses Tages her, ins Licht, auf die Bühne.
In ein Auto gezerrt haben sie ihn, weggerissen von Ora und dem Kind auf dem steinigen Weg vor den Hügeln, mit heulendem Motor ins Gefängnis gefahren, auf die Schnelle instruiert, beschwert mit dem Gewicht seiner Pflicht. Stellvertreter von Millionen Opfern. Beauftragter eines Volks. Hand der Gerechtigkeit.
Dann der Weg durchs Gebäude, Treppen, der lange Flur. Die Männer, an denen er vorbeiging. Kollegen der Wachmannschaft, der Prediger, der Arzt, Journalisten mit Schreibblöcken unter dem Arm, der Direktor kam ihm entgegen, eilte in sein Büro, auf drei Stühlen saßen die drei Richter, die das Todesurteil gesprochen hatten. Vor der Tür des Hinrichtungsraums zwei Wächter, die Nagar nicht kannte. Alle sahen ihn an,

mit Achtung, Respekt, Bewunderung vielleicht, wachsen hätte er sollen unter ihren Blicken, er war aber kleiner geworden. Die Tür wuchs vor ihm, kaum konnte er die Klinke erreichen.
Im Raum steht der Verurteilte, auf der Platte, die das Loch im Boden verschließt. Nagar ist allein mit ihm. Kein anderer da? Keiner. Alle standen im Flur. Auch der Kommandant wartete draußen.
Nagar ist allein mit dem Verurteilten. Er sieht ihm in die Augen, und der Verurteilte erwidert seinen Blick, zum ersten Mal in all den Monaten. Blaue Augen, blaugrau, Augen, die nichts zeigen. Die Seele des Verurteilten spiegelt sich anderswo. Nagar erkennt nur sich selbst in diesen Pupillen. Den Wärter, den Henker.
Nagar legt dem Verurteilten, der nun wieder an ihm vorbeisieht, die Schlinge um den Hals, zieht den Knoten fest, tritt einen halben Schritt zurück. Der Verurteilte nickt. Und jetzt sagt er etwas, einen langen deutschen Satz, hält eine knappe deutsche Rede, mit erhobenem Kopf, als wende er sich an ein Publikum, seine Opfer vielleicht, die irgendwo hier zusammengedrängt sind, unabzählbar viele, sie brauchen kaum Platz, nicht mehr als die Luft, die der Verurteilte atmet. Oder redet er zu seinen alten Führern, meldet gefahrene Summen, die abschließende, die offene Bilanz? Vielleicht spricht er auch nur zu den Wänden, will, dass

seine letzten Worte nachhallen in diesem Raum, will sie aufbewahrt wissen hier für alle Zeit, diese bellenden Worte, die nach gewichsten Stiefeln klingen und Totenkopf, unverständlich für Nagar.

Der Satz ist gesagt. Noch einmal aber hebt der Verurteilte den Kopf, blickt Nagar an, ruhig und scharf, hält ihn fest mit seinem Blick. Erfasst ihn. Du und ich, sagen seine Augen. Der Schatten eines Lächelns spielt um seine schmalen Lippen. Er öffnet den Mund -

Der Kommandant kommt, zieht dem Verurteilten eine weiße Kapuze über den Kopf, verlässt den Raum wieder.

Nagar streckt den Rücken durch, tritt hinter den schwarzen Vorhang. Er fühlt das Gewicht des Verurteilten auf der Eisenplatte, trägt den Strick um den Hals, doppelt, dreifach, die Fesseln sind schwer, alles wiegt, wird schwerer auf seltsame Art. Kaum ist der Arm noch zu heben. Er sieht auch schlecht, das Licht wird schwächer, bald ist Nacht hinter dem Vorhang. Nagar -

Nagar weiß nicht, was er tut. Er weiß nicht mehr, was er getan hat, später. Er weiß, was er hört: ein hartes Klicken, das Sirren der Rollen, über die das Seil abläuft, den dumpfen Ruck, mit dem es zum Stehen kommt.

Sein Gedächtnis probiert Bilder, zeigt mal einen schwarzen Knopf, den sein Daumen drückt, mal

einen langen Hebel, den er umlegt, eine Stange, die er verschiebt, einen Knoten, den er löst. Nagar hört das Klicken, mit dem die Arretierung der quadratischen Eisenplatte aufspringt, spürt, während das Seil von den Rollen gerissen wird, die Erde sich drehen und einen Menschen abwerfen wie ein Pferd seinen verhassten Reiter.
Der Fall endet nicht. Zwei, drei, zehn Meter, dieser Mann fällt endlos.

Der letzte Satz

Die Herztätigkeit eines Gehängten, heißt es im Handbuch des Gefängnisdirektors, setzt in der Regel nach etwa zwanzig Minuten aus. Länger als vierzig Minuten, vom Moment des Hängens an gerechnet, habe noch kein Herz geschlagen. Empfohlen wird, den Gehenkten eine Stunde am Strick zu lassen.
Der Direktor lässt seinen Mann zwei Stunden hängen. Manche sagen, drei. Nagar erinnert sich, dass es zehn Stunden waren.
Lange jedenfalls bleibt der Verurteilte hängen, auch als Leichnam noch gefürchtet, dabei ist er bloß ein Toter, an dem die Schwerkraft zerrt. Jemand muss sich gegen sie stemmen, damit der Körper vom Strick genommen werden kann. Auch diese Aufgabe wird Nagar zugewiesen. Er geht mit dem Kommandanten in die Abstellkammer unter dem Hinrichtungsraum, fahl erleuchtet von einer einzigen Glühbirne.
Nagar sieht nicht hin, er hat nichts gesehen bisher. Er hört den Kommandanten die Leiter nehmen, die sie bereitgestellt haben, Holz schrammt über Beton, der Kommandant lehnt die Leiter in die Deckenöffnung, jetzt knacken die Stege, der Kommandant steigt hinauf. Es stinkt in der Kammer, eine dünne Mischung aus Fäkalien und Urin.
Was ist, Shalom? Heb ihn hoch!

Nagar öffnet die Augen, mit gesenktem Kopf. Eine Pfütze auf dem Boden, er ist schon hineingetreten. Langsam hebt er den Kopf. Karierte Filzhausschuhe, die nach unten zeigen. Dunkelbraune Baumwollhose, viel zu weit, zwei Männer würden hineinpassen. Hellbraunes Baumwollhemd, ein dunkler Streifen, dunkle Spritzer auf der Brust. Getrocknetes Blut. Der Hals: lang geworden, tiefe Schürf- und Schnittwunden an beiden Seiten, die Haut hängt in Fetzen darüber. Der Strick unter dem Kinn, als wollte er den Kopf dem Körper wegnehmen, nur gibt der nicht nach. Der Mund trotzdem halb geöffnet, die Zunge hängt heraus, dunkel glänzt sie, auch das ist Blut, noch feucht, noch immer feucht. Der Kopf geneigt, auf die linke Schulter, das Gesicht aufgedunsen, weiß wie Kalk. Die Augen herausgekommen. Die Augen herausgequollen aus ihren Höhlen, groß, rund. Frei geworden am Ende, haben sie den, dessen Bild als letztes in sie fiel, gesucht, verfolgt, so weit es eben ging. Jetzt finden sie ihn wieder.
Das bemerkt der Kommandant nicht; alles andere hat er gesehen und wird es später in seinem Protokoll notieren, das er trocken und sachlich hält. Der Direktor, dem das Protokoll zum Abzeichnen vorgelegt wird, weiß aus seinem Handbuch, was die Symptome bedeuten: Nicht durch Genickbruch ist der Tod eingetreten,

sondern durch langsames, qualvolles Ersticken. Anfängerfehler. Der Drop war zu kurz; der Mann ist nicht tief genug gefallen. Oder war er zu leicht, hat in seinen letzten Stunden noch rapide an Gewicht verloren? Keine Entschuldigung. Gefesselt an Händen und Füßen konnte er nach dem Fall nur mit dem Hals kämpfen. Wie lange? Den Direktor wird diese Frage verfolgen. Noch am Morgen des Tages, an dem ihn, wenige Jahre später, jemand auf offener Straße erschießt, wacht er mit schmerzendem Hals auf und bemerkt vor dem Spiegel, dass er sich die Zunge zerbissen hat.
Fass ihn um den Bauch, Shalom, mit beiden Armen!
Nagar fasst zu, es geht nicht.
Fass ihn tiefer! Heb ihn hoch!
Nagar fasst tiefer, hebt an, der Leichnam klappt zusammen, Gesicht vor seinem Gesicht, berührt es fast - die heraushängende Zunge, noch feucht, noch immer feucht, die herausgequollenen Augen! - und jetzt redet der Tote, spuckt einen Schwall von Lauten in Nagars Gesicht, einen blutigen vokalischen Klumpen, Worte, zusammengepresst irgendwo in seiner Kehle, abgeschnitten vom Strick, jetzt, zwei, drei, zehn Stunden später entfalten sie sich - das Ende des Satzes, den er nicht beenden durfte in seiner Zelle? Der Satz, den er am Tag vor der Urteilsverkündung auf dem Dach gesagt hatte, wieder und wieder, weil ihn keiner der Wächter verstand? Ein Satz,

nur für ihn, Nagar, bestimmt, ein Vermächtnis, auszuspucken nach meinem Tod? Ein Fluch, ein Fluch dem Henker?
Nagar lässt die Leiche fahren, taumelt zwei Schritte zurück, der Kommandant fasst ins Leere. Was machst du denn, Shalom?, fragt er ärgerlich. Nagar möchte alles ungeschehen machen. Kein Toter soll ihn bespucken, ihn besudeln mit seinem Blut. Blut ist der Sitz der Seele, lass sie, berühr sie nicht! Sie hat ihn berührt, gefärbt, markiert, auf der Brust, überzieht sein Gesicht, selbst im Mund, der offen stand vor Anstrengung, Entsetzen, selbst im Mund hat er dies Blut. Wer ist er jetzt? Noch Shalom Nagar? Es ist ein anderer, der sich erneut vor diese Leiche stellt, sie um die Hüften fasst, den toten Körper hebt mit aller Kraft, bis die Schlinge gelöst ist, der dasteht, allein, die Leiche in seinen Armen.

Transport einer Leiche

Die Zeit steht nicht. Der Kommandant steigt die Leiter herab, zwei Kollegen kommen, fassen mit an, eine graue Decke wird ausgebreitet, irgendwann liegt die Leiche darauf. Der Kopf hängt zur Seite weg. Die Zunge? Einer hat sie ihm wieder in den Mund gesteckt.
Die Kollegen ziehen ihn aus. Sie ziehen Eichmann aus. Nagar steht daneben. Hemd, Filzhausschuhe, Hose, Socken, Unterhemd, Unterhose, sie decken die Decke drüber. Einer holt eine Tragbahre. Sie legen den Körper in der Decke drauf. Sie gehen durch den engen Flur, auf den Hof, wo ein Lieferwagen wartet. Nagar geht hinterher.
Wohin sie fahren, weiß Nagar nicht. Nur, dass es heiß da ist, wo sie ankommen. Hell und heiß. Sie steigen aus, öffnen die hinteren Türen, ziehen die Bahre heraus. Nein, das erledigt er. Allein. Die Hände zittern, kein fester Griff, Nagar schiebt die Bahre wie einen Karren.
Der Gefängnisdirektor ist da, sieht er. Der Prediger auch. Auch jetzt, hier ist der dabei. Die Leiche fällt rechts von der Bahre, ohne Decke. Der nackte Eichmann auf dem Boden, es riecht nach Wald, ist das der Rauch? Zwei Männer springen hinzu, Nagar erkennt sie nicht, der Direktor und der Prediger? Nein, der nicht, der wendet sich ab, hält ein Buch vor seine Augen. Eichmann wieder auf der Bahre, Nagar schiebt

weiter. Die Hitze trifft ihn wie ein Schlag, jeden Schritt erkämpft er sich, die Luft wird Widerstand. Die Leiche fällt links herunter. Der Ofen, jetzt sieht er den Ofen, hinter einem flimmernden Vorhang. Er steht auf einem kleinen Hügel, bergauf muss Nagar schieben. Den Heizer kennt er, der heißt Kols. Die Hitze wird zu einer Riesenhand, Nagar weicht aus, die Bahre schwankt. Sie haben Schienen verlegt, sieht Nagar, rostige Eisenbänder, auf den letzten Metern bis zur Ofenklappe. Aber noch ist er zu weit entfernt. Wie hält Kols die Hitze aus? Der ist aus anderem Stoff. Oder hat schon mal gebrannt in seinem Leben.
Nagar schiebt, stemmt, zittert. Schritt für Schritt, seine Bahre auf die Schienen, hoch zum Ofen, jetzt fasst Kols den Hebel, öffnet die Klappe - Feuerschlund. Die anderen Männer, die hier waren, zehn, zwanzig hat Nagar gesehen auf dem Weg, sind verschwunden. Nur der Schlund, die Schienen, die Leiche und Nagar.
Flammen schlagen heraus, gehen über die Leiche hinweg, die sie gar nicht berühren wollen, still liegt der Mann da, den Kopf geneigt, die Flammen fassen Nagar, tippen ihm auf die Brust, ins Gesicht, umzüngeln ihn, tausend Arme, tausend mal tausend.
Dann ist die Klappe zu. Ein Wummern, als berste der Ofen, Stöhnen, Seufzer - Rauch quillt aus dem Schornstein. Nagar sitzt auf dem Boden, vor

ihm steht der Kommandant. Es ist gut, Shalom, sagt er. Epstein fährt dich jetzt nach Hause.

Drei.

Seit seinem Besuch bei mir hatte ich Nagar nicht mehr gesehen. Auch Ben war nicht gekommen, warum, wusste ich nicht. Die Tage vergingen an der Schreibmaschine, die Nächte in flackernden Träumen, in denen ich immer wieder gereckte Hälse sah, zerschnitten vom Strick, und ein Gesicht, das unter Flammen schmolz. Manchmal war es das Gesicht meines Vaters.

Eines Tages stand Ben wieder vor der Tür. Ich hatte seit dem frühen Morgen versucht, den Beginn des nächsten Kapitels zu schreiben, war aber nicht weiter gekommen als bis zur Überschrift:

`Asche im Glas`

Du schreibst, Moshe?
Eine Frage, was sonst. Nie wird er erzählen, mein Freund Ben. Warum er nicht gekommen ist in der letzten Zeit, zum Beispiel. Was er eigentlich tut an den Tagen, an denen er nicht mit Nagar und mir auf dem Rastplatz sitzt. Er zeigt auf das Blatt, das in meiner Schreibmaschine steckt: Das letzte Kapitel?
Was weiß ich. Gibt es letzte Kapitel? Der Held wird ad acta gelegt, zum Kreis hat man sein Leben gezwungen, was noch käme, wäre Wiederholung, also stirb: Man setzt einen Punkt, macht das Weiß der folgenden, leeren Seiten zum stehenden Nichts, das auch kritische Leser zu leicht mit Ewigkeit verwechseln. Oder der Held findet Wasser in der Wüste seiner Kümmernisse, die endlos schien, jede Hoffnung eine Fata Morgana, und nun doch: Man lässt eine

Quelle springen, macht das Weiß der folgenden, leeren Seiten zur Zukunft, auszufüllen von Lesern, die es gut meinen, auf Glück aus sind und Versöhnung überall finden. Was weiß ich.

Shalom war hier, Ben.

Er hat dich besucht?

Er hat mir Lammfleisch gebracht. Aber deshalb war er nicht gekommen.

Weshalb dann?

Er hatte Zweifel. Zum ersten Mal zweifelte er an dem, was er erzählt. Ich sollte ihm helfen. Du musst schreiben, wie es war, Moshe, hat er gesagt.

Und, hast du?

Es gibt kein Wie-es-war, Ben. Wenn es das gäbe, könnte man es nicht schreiben. Und wenn man es schreiben könnte, würde es niemand verstehen. Auch der nicht, der schreibt.

Was geschieht, geschieht, Moshe. Wenn es geschehen ist, war es, wie es war. Das kann man nicht schreiben?

Nein, weil es so eben nicht ist. Was geschieht, zersplittert. Der Spiegel, in dem es sich zeigt, zerbricht im selben Moment.

Also hilfst du Shalom nicht?

Darauf hatte ich keine Antwort. Lass uns zum Rastplatz gehen, sagte ich.

Die Schafe hörten wir schon blöken, bevor wir das Gelände erreichten. Unruhig standen sie da, stießen ihre Köpfe in den Maschendraht. Ben gab ihnen Wasser, holte ihnen Futter. Nagars Schürze hing schief an ihrem Nagel im Verschlag, der Kittel fehlte. Auf dem Boden lagen Werkzeuge verstreut, weiter entfernt zwei Schuhe. Wie eine Stadt, die man aufgibt, wirkte das Gelände. Die Hühner sind weg, sagte Ben. Die Gänse auch. Er schob mich an den Ställen vorbei – nichts, außer ein paar Federn. Er schob mich zum Rastplatz – eine braune Lache auf unserem Tisch, daneben ein paar abgenagte Knochen. Glaubst du, dass Shalom kommt? Er würde nicht kommen, das wusste Ben selbst. Nagar war schon lange nicht mehr hier gewesen. Wollen wir nachsehen, ob er zu Hause ist?

Gesang, von Hammerschlägen unterbrochen. Diesmal war es nicht das kleine Loblied, das wir kannten. Es klang, als sänge Nagar viele Lieder und brächte keins zu Ende. Ben öffnete das eiserne Tor, schob mich ums Haus herum in Nagars Gärtchen. Hühner stelzten durch das hohe Gras, Gänse standen daneben, auf der Wäscheleine saßen Tauben. Nagar drehte uns den Rücken zu. Er trug seinen blauen Kittel, sang und zimmerte an einem großen kantigen Gebilde, das er aus Spanplatten errichtete. Zwei weitere ähnlicher Art mit noch größeren Abmessungen waren schon fertig, offenbar sollten sie als Ställe für die Hühner und Gänse dienen, und das Ding, an dem er arbeitete, wurde der Taubenschlag. Die Spanplatten hatte Nagar mit roter Farbe überzogen, die an manchen Stellen geklumpt, an anderen zerlaufen war. Es schien, als sei sie nicht gestrichen, sondern auf das Holz geworfen oder geschüttet worden. Die Seitenwände der Gebilde waren zudem mit einem weißen Karomuster bemalt, dessen dünne Linien zitterten. Eingänge gab es nicht, nur Öffnungen verschiedener Höhe, die aussahen, als habe einer sie mit der Faust hineingeschlagen. Das wa-

ren keine Ställe mehr, es waren Zwinger, und weiteres Holz lag schon bereit, dazu eine große Rolle Stacheldraht.
Nagar schien uns nicht bemerkt zu haben, er sang und hämmerte weiter, schlug lange Nägel ein, hier und da, Nägel, die offensichtlich nichts befestigten, die nur eingeschlagen wurden, weil gehämmert werden musste. Shalom!, rief Ben, der den Versuch, meinen Rollstuhl durch das Gewirr aus Holz und Draht und Werkzeug zu bugsieren, aufgegeben hatte. Shalom!
Endlich drehte Nagar sich um, hob den Hammer zum Gruß, schlug noch einen Nagel ein, dann kam er zu uns.
Was machst du denn hier, Shalom?
Das Gelände ist nicht mehr sicher, wisst ihr. Ich musste sie herholen, die Hühner, die Gänse. Später hole ich auch die Schafe.
Wie meinst du, nicht sicher?
IV B 4!
Was?
Eichmanns Dienststelle, Ben. Seine Nummer!
Was ist damit?
Sie stand auf dem Pfosten, an dem mein Kittel hängt und meine Schürze. Im Verschlag, neben dem Schafstall.
Der Pfosten ist rissig, Shalom. Die Farbe blättert ab. Da steht keine Nummer.
Doch. Hineingekratzt. Seine Nägel sind scharf, wisst ihr. Das Gelände wird seine Dienststelle. IV B 4!
Unsinn, Shalom. Was redest du?
Den Rastplatz übernimmt er auch, Ben. Er sucht Mitarbeiter. Fragt er euch? Fragt er dich, Moshe?
Was redest du, Shalom! Warum soll er Moshe fragen?

Nagar zuckte die Achseln. Dann begann er wieder zu singen, ließ uns stehen und wandte sich seinem Werk zu, den blutroten Zwingern, Festungen für seine Hühner, seine Gänse und die Tauben.
Ben atmete hörbar ein, sagte aber nichts. Wortlos packte er die Griffe meines Rollstuhls. Noch am Ende der Straße hörten wir Hammerschläge und den Gesang, der immer lauter wurde, gellend wie ein Schlachtruf.

Obwohl Nagar seit diesem Tag meine Gedanken besetzt, mehr als jemals zuvor, rede ich nicht von ihm, wenn Ben da ist. Sein Name kommt mir nicht über die Lippen. Auch Ben nennt ihn nie, auch er wird, das weiß ich, unablässig an ihn denken. In unseren Köpfen tobt Shalom, schmerzhaft lebendig, in unseren Mündern ist er tot, erloschen. Er hat uns gegrüßt mit erhobenem Hammer, sinnlos schlägt er Nägel ein, diese Vogelzwinger werden wuchern, behauptet meine Phantasie, sein Häuschen überbauen, die Straße, werden sich, vom singenden, hämmernden Nagar getrieben, dehnen bis an den Rand des Geländes, werden alles fressen, die Wälle, die Ställe, schließlich den Rastplatz, alles wird blutig rot gequastet, mit weiß zitterndem Karo verziert, alles mit Stacheldraht umwickelt, bis es kein Außen mehr gibt, bis alles Schutz, Festung, Abwehr ist.

Du schreibst nicht weiter, Moshe?
Ben kommt wieder regelmäßig, am selben Tag, zur selben Zeit. Er steht in der Tür, knöpft seine Jacke auf, kommt herein, stellt sich ans Fenster, schaut hinaus. Bemerkt er, dass die Satellitenschüsseln der Nachbarhäuser nicht mehr auf meine Wohnung zeigen? Wenn er es merkt, erstaunt es ihn nicht. Er schaut hinaus, als bräuchte er diesen Blick, diese Eintönigkeit, den abgesperrten Himmel. Manchmal denke ich, nur deswegen kommt er her. Er schaut, er dreht sich um, er geht zu meinem Schreibtisch, stützt sich darauf mit seinen großen Händen. Prüft.
Nichts zu prüfen heute. Keine Papiere, keine beschriebenen, keine weißen Seiten. Die Schreibmaschine abgedeckt. Was ich geschrieben habe, mit einer Kordel umschnürt und

zu den Zeitungsmappen und Eichmann-Büchern ins Regal gelegt.
Du schreibst nicht weiter, Moshe?
Nein, ich schreibe nicht weiter, das sieht er doch.
Du bist fertig?
Fertig? Womit?

`Asche im Glas`

waren die letzten Wörter, die ich geschrieben habe. Ist das ein Ende?
Du bist fertig, Moshe?
Nein.
Warum schreibst du dann nicht weiter?
Wie soll ich das erklären. Er wird nachfragen, einhaken, Einwände erheben, und ich werde zu viel sagen.
Ich habe Angst, dass geschieht, was ich schreibe, Ben.
Wie meinst du das?
Eins der beiden Kapitel, die ich geschrieben habe, bevor wir bei Shalom waren, handelte von einem Nagar, der sich verloren geht:

`Es ist ein anderer, der sich erneut vor diese Leiche stellt, sie um die Hüften fasst, den toten Körper hebt mit aller Kraft, bis die Schlinge gelöst ist, der dasteht, allein, die Leiche in seinen Armen.`

Und was geschieht? Es ist ein anderer Nagar, den wir finden. Da steht er, allein, den toten Eichmann in seinen Armen. Er führt ihm die Finger, lässt ihn sein Zeichen in Pfosten ritzen. Was geschieht, zersplittert, hast du neulich gesagt, Moshe. Man kann es nicht schreiben. Wenn du nicht schreiben kannst, was geschehen ist, wie kann geschehen, was du schreibst?

Der Einwand, den ich mir selbst mache. Es sind nur Worte auf Papier, das im Regal liegt. Keine Atmung, kein Stoffwechsel, kein Herz, das Blut zwischen die Zeilen pumpte. Wozu auch immer meine Worte und Sätze sich fügen – mehr als Text werden sie nicht. Wirklichkeit fühlt sich anders an. Und doch bleibt Nagars Frage: Wohin schreibst du mich, Moshe?

Du hast ja Recht, Ben. Trotzdem werde ich die Vorstellung nicht los.

Du fühlst dich verantwortlich für das, was mit Shalom passiert?

Ich weiß, dass ich Unsinn rede. Ich rede Unsinn, ich denke Unsinn. Mir zerrinnt alles zwischen den Fingern. Ich glaube nicht einmal mehr an Eichmanns Tod.

Moshe!

Unsinn, siehst du? Irrsinn sogar. Eichmann ist 1906 geboren, mehr als ein Jahrhundert verstrichen seither, selbst wenn er allem entkommen sein sollte, wäre er längst Opfer des Vorgangs geworden, den seinesgleichen als natürliche Verminderung bezeichnet hat. Aber was soll ich tun? Als Toten sehe ich ihn nicht mehr. Ich sehe ihn leben, sich verjüngen, schon trägt er wieder schwarze Stiefel, hat eine Reitgerte in der Hand, schon eilt er wieder durch die Flure des Palais Rothschild, in denen sich Opfer drängen, die zurückweichen vor ihm, Juden, die ihr Judentum kaum noch in der

Hand tragen, denen es entflieht, die es sich nehmen lassen, ihrem Gott nicht mehr trauen, dem Bund nicht mehr, den sie mit ihm geschlossen haben, Juden, die wanken, sich mit dem Rücken zur Wand stellen. Und neben ihnen sehe ich mich stehen, aber nicht als einen von ihnen. Als Verräter. Der Mann, den Eichmann ins Leben befohlen hat.

Ben ist bei Nagar gewesen. Und er ist nicht mit Fragen zurückgekommen, sondern hat erzählt, in ein paar knappen Sätzen. Ben erzählt! Zum ersten Mal. Die Welt ist aus den Fugen. Nagar hat weiter an seinen Zwingern gebaut, sagt Ben. Er hat sie erweitert, die gesamte Fläche des Gartens nehmen sie ein, ein Vorbau schiebt sich sogar ums Haus herum, man kann ihn von der Straße aus sehen, er ist schwarz gestrichen. Teile seiner Bauten habe Nagar aber auch eingerissen. Ora weiß nicht mehr, was sie tun soll, Moshe. Shalom geht wieder auf das Gelände. Zu den Schafen.

Ben schiebt mich zum Rastplatz. Nagar ist nirgendwo zu sehen. Ben kocht Tee, drei Becher, nimmt drei Birnen aus der Jackentasche, teilt sie, legt die Hälften neben die Becher. Wir reden nicht viel, ein paar Worte über das Wetter, zu trocken, Regentage wären gut, stellen fest, dass jemand den Tisch abgewischt und den Boden gefegt hat. Als wir aufschauen, beide zugleich, sehen wir ihn.

Nagar steht ein paar Meter vom Schafstall entfernt, seinen Koffer neben sich. Er wischt mit dem Ärmel Schweiß von der Stirn. Noch einmal dreht er sich um, seine Augen prüfen die mit Zypressen und Palmen bestandene Anhöhe, die baufälligen Schuppen davor, die Zäune aus Wellblech.

Die Dinge stehen an ihrem Platz. Nagar geht zu dem Verschlag neben dem Stall, an einem Nagel hängt sein blauer Kittel, den tauscht er gegen die schwarze Jacke. Darüber zieht er seine blaue Schürze, öffnet den Koffer, holt ein Paar dicke Gummisohlen heraus, dazu ein Handtuch und einen Holzkasten. Die Sohlen bindet er sich unter die Schuhe.
Er hakt das Gatter des Stalls auf, spricht mit den Tieren, hält eines beiseite, treibt die andern zurück. Das ausgewählte Schaf drückt er zu Boden, fesselt ihm mit zwei Riemen die Läufe. Dann hievt er es in eine Schubkarre, der Körper hängt über den Rand, die gebundenen Läufe stehen ab. Das Tier bleibt still, schaut ihn an wie betäubt. Nagar öffnet seinen Holzkasten. Löst die Verriegelung, hebt den Deckel, schaut hinein. Er nimmt nichts heraus, klappt den Deckel wieder zu, verriegelt den Kasten. Er setzt sich auf einen Schemel neben der Schubkarre, legt seine Hand auf den Kopf des Schafs. Lange sitzt er so. Dann steht er auf, löst die Riemen von den Fesseln des Tieres, kippt die Schubkarre, bis das Schaf, unsicher, auf seinen vier Beinen steht. Nagar gibt ihm einen Klaps, das Tier geht in den Stall zurück, wo die anderen es empfangen. Nagar lässt seinen Blick über das Gelände schweifen, sieht uns, hebt einen Arm, dann kommt er, geht quer über den Platz. Langsam geht er, einen Fuß setzt er vor den andern, es sieht aus, als balancierte er auf einem Seil.

Mein Messer ist zerbrochen, sagt Nagar. Er hat mein Messer zerbrochen.
Eichmann?

Ja.
Genug, Shalom! Es ist genug. Siehst du irgendwo Eichmann hier? Läuft er herum, hat er Füße? Hände? Siehst du Eichmann hier, Moshe? Nein? Ich sehe ihn auch nicht. Vielleicht hat er sich versteckt? Wollen wir ihn rufen? Eichmann! Eichmann! Adolf Eichmann! Keine Antwort. Oder hört ihr ihn antworten? Nein? Ohren hat er also auch nicht. Vielleicht –
Ben –
Lass mich, Moshe. Vielleicht hat er ja eine Nase? Wollen wir ihm ein Stück Fleisch braten? Dann taucht Eichmanns Nase vielleicht auf. Und dann sein Mund. Und dann der Rest!
Du weißt nichts! Gar nichts weißt du. Ihr kennt ihn nicht. Er führt jeden in die Irre. Wo ist Eichmann? Wer ist Eichmann? Keiner weiß das.
Wer er ist, weißt du doch wohl, Shalom.
Adolf Karl Barth.
Was?
Das ist Eichmann! Otto Henninger ist er auch. Adolf Eckmann, Leo Ehrenreich, Alfred Veres, Ricardo Klement, Ernst Radinger. Einer war Kriegsgefangener, einer Holzfäller, einer hat Gift genommen, einen haben sie erschossen, im Wald. Aber das war der Falsche.
Decknamen, die er angenommen hatte nach dem Krieg, damit sie ihn nicht aufspüren, Shalom. Na und? Das haben viele Nazis getan.
Keine Decknamen, Ben. Er ist immer Eichmann. Und ein anderer. Aber welcher? Manchmal spielt er ein Spiel mit mir; er fragt mich, wie er heißt. Ich darf alle Namen sagen, die mir einfallen, nur Eichmann nicht. Eichmann ist

verboten! Wenn ich den richtigen treffe, lächelt er, so, mit ganz schmalen Lippen. Und dann verschwindet er. Sage ich den falschen, wird er heiß. Er verbrennt mich, meine Haut schält sich ab. Und dann verschwinde ich. Wenn du nicht weißt, wer er ist, weißt du auch nicht, wo er ist. Bevor der Prozess anfing, haben sie alte Kollegen von Eichmann aufgespürt, die sollten ihnen etwas über ihn erzählen. Einer, ich weiß nicht, wie er hieß, er hatte einen Doppelnamen, verstand gar nicht, was sie von ihm wollten. Eichmann? Er hat gesagt, das war bloß ein Codewort, ein Tarnname für eine Geheimoperation. Sie haben ihm Photos gezeigt, hier, das ist der Mann, haben sie gesagt. Er sitzt in Israel im Gefängnis, wir werden ihn vor Gericht stellen. Der mit dem Doppelnamen hat nur gelacht. Ich weiß nicht, wen Sie da gefangen haben, meine Herren, hat er gesagt, aber ich kann Ihnen versichern, ein Mensch namens Eichmann existiert nicht. Eichmann ist ein Codewort.

Dann hast du ein Codewort bewacht, damals, Shalom. Ein Codewort saß am Tisch, ein Codewort lag im Bett, für ein Codewort hast du das Essen probiert.

Nein.

Siehst du. Alles Unsinn.

Das Codewort heißt nicht Eichmann.

Sondern?

Ich will euch eine Geschichte erzählen. Als Eichmann vor Gericht stand, hat der Generalstaatsanwalt ihm die Fußmärsche vorgeworfen. Das war in den letzten Monaten des Krieges, in irgendeinem Land, den Namen weiß ich nicht. Aus diesem Land sollten die Juden weggeschafft werden. Aber wie? Züge fuhren nicht mehr, die Gleise waren kaputt. Also wurde der Meister geholt. Wenn sie nicht fahren können, müssen sie eben laufen, hat er gesagt. Tausende Juden wurden zusammengetrieben, alte, junge, Männer, Frauen, und in Marsch gesetzt, ab ins Reich, arbeiten lassen, dann erschießen.

Und das Codewort?

Warte, Ben. Du wirst sehen. Viele der Juden haben den Weg gar nicht geschafft, es waren zweihundert Kilometer, es regnete, es war kalt, sie hatten nichts zu essen, sie wussten nicht, wo sie schlafen sollten. Viele sind am Straßenrand gestorben. Das war Eichmann, hat Hausner, der Generalstaatsanwalt, gesagt. Eichmann hat die Märsche angeordnet, er ist verantwortlich. Nein, Herr Generalstaatsanwalt, hat Eichmann gesagt. Ich war es nicht. Hausner ist wütend geworden, hat aus dem Stapel von Papieren, der auf seinem Tisch lag, eines herausgezogen, hochgehalten und mit dem Handrücken darauf geschlagen. Hier, was ist das, was steht hier, hier steht Ihr Name!, hat er gerufen. Eichmann wusste nicht, was er meint, also wurde ich angewiesen, das Dokument vom Generalstaatsanwalt zu holen und in den Glaskasten zu geben. Eichmann hat seine Brille gewechselt, den Kopf gesenkt und das Dokument studiert. Es war ganz still im Saal, alle haben auf Eichmann geschaut, Eichmann hat auf das Dokument geschaut. Er hat die Brille abgenommen, das Blatt näher an seine Augen geholt und es aufs Neue studiert, von oben nach unten, von links nach rechts, sogar umgedreht hat er es, auf der Rückseite stand aber nichts. Lesen Sie!, hat der Generalstaatsanwalt gerufen. Was soll ich lesen, Herr Generalstaatsanwalt?, hat Eichmann gefragt. Ihre Unterschrift! Die Zeile, in der Ihr Name steht und Ihre Unterschrift! Eichmann war verwirrt, hat das Blatt hin und her gewendet. Der Vorsitzende hat ihn zur Ordnung gerufen und gesagt, dass er tun muss, was der Generalstaatsanwalt verlangt. Also hat Eichmann angefangen vorzulesen, langsam, stockend, hat die Brille abgenommen, wieder aufgesetzt, ein paar Worte gelesen, eine Bemerkung dazu gemacht, wieder ein paar Worte gelesen, immer so weiter:

Kurze Wiederholung des Tages – was soll das.

Kann ich Ihnen dann sagen, dass ich ganz genau weiß, dass damals von Kunz und Hinz quergeschossen wurde.

Das weiß ich, von wem, weiß ich heute nicht mehr. Int mich auch gar nicht – weiß nicht, es ist sinnlos.

Int mich auch gar nicht. Ich hatte Wochen – wochenlang mit zu tun gehabt.

Der Reichsführer hat sich nie – was? hat mich nie zur Verantwortung gezogen, hat mir nie einen Vorwurf gemacht, der Reichsbevollmächtigte hat mir sogar gratuliert – gratuliert zu der eleganten Durchführung.

Und Dr. E – weiß nicht. E? Dr. E hat mir auch gratuliert zu der eleganten Durchführung.

Mit E habe ich noch einen drauf gesoffen, und zwar war es Schnaps aus Pferdemilch, Stutenmilch gewesen, ich trank es zum ersten Mal, deswegen weiß ich es noch.

Groß – was soll das.

Große Freuden –
Der Generalstaatsanwalt war immer unruhiger geworden, während Eichmann las, hatte seine Arme in die Luft geworfen, als hielte er das alles nicht aus, und jetzt unterbrach er ihn: Nur Ihre Unterschrift!, rief er. Die Unterschrift! Ihren Namen!
Mein Name steht hier nicht, Herr Generalstaatsanwalt, sagte Eichmann. Hausner hat nach Luft geschnappt, und der Vorsitzende hat Eichmann schweigend angeschaut. Er war auch wütend, glaube ich, vor allem aber war er irgendwie enttäuscht. Eichmann hat das bemerkt und eine Erklärung abgegeben. Wofür ich verantwortlich war, Herr Vorsitzender, hat er gesagt, das will ich gerne eingestehen, denn das muss ich ja tun, aber für diese Sache, die Fußmarschangelegenheit, habe ich meine Teilhaftigkeit abzulehnen. Ich war es nicht. Ich bin damit nicht befasst gewesen, Herr Vorsitzender. Ich konnte nichts anordnen in der Sache, ich konnte nichts stoppen. Ich habe überhaupt damit nichts zu tun gehabt, Herr Vorsitzender, in keinster Weise, bei diesem Punkt muss ich bleiben. Die Dokumente beweisen es ja.
Der Generalstaatsanwalt verlangt, dass ihm das Blatt, aus dem Eichmann vorgelesen hat, zurückgebracht wird. Ich nehme es Eichmann aus der Hand und bringe es zum Tisch der Anklage.
Hausner nimmt das Dokument, schaut darauf – das Blatt fällt zu Boden. Er nimmt sich die anderen Papiere, die auf seinem Tisch liegen, schaut darauf, wird blass, lässt eines nach dem andern zu Boden fallen. Weiß wie Kalk ist er jetzt, sackt auf seinen Stuhl.

Der Verteidiger, ein großer, schwerer Mann, er heißt Servatius, steht auf. Ich muss feststellen, Herr Vorsitzender, sagt er, dass der Name des Angeklagten in keinem einzigen der vorgelegten Dokumente enthalten ist. Mein Mandant ist das Opfer eines Fehlschlusses.
Große Unruhe im Gerichtssaal, Richter Landau ruft die Zuhörer zur Ordnung. Als es wieder ruhig wird, mischt sich einer der beiden anderen Richter ein, er heißt Raveh. Welcher Name denn unter jedem Dokument stehe?, fragt er den Verteidiger. Welchen Namen die Zeugen denn wieder und wieder, weinend und mit Abscheu, genannt hätten?
Die Antwort zu geben, ist Sache des Generalstaatsanwalts, meine ich, sagt Servatius.
Hausner kann aber nichts sagen. Er ist auf seinem Platz zusammengesunken und winkt ab.
Wieder Unruhe im Publikum, Landau droht, den Saal räumen zu lassen. Er weist einen Wächter an, die auf den Boden gefallenen Papiere zu holen. Der geht hin, sammelt sie auf, bringt sie zum Richtertisch. Landau beginnt, die Dokumente zu studieren, eines nach dem andern.
Es dauert lange. Manches Blatt nimmt Landau sich zweimal vor, manches betrachtet er nur flüchtig, manches liest er Wort für Wort, Komma für Komma, Punkt für Punkt.
Schließlich schiebt Landau die Dokumente zusammen und hebt den Kopf. Jeder im Saal sieht ihn an, jeden sieht er an. Alle Dokumente sind mit einem und demselben Namen gezeichnet, sagt er. Es ist nicht der Name, den die Zeugen wieder und wieder, weinend und mit Abscheu, genannt haben. Es ist nicht der Name des Angeklagten.

Das Publikum stöhnt auf vor Entsetzen, wer einen Mantel hat, zieht ihn fester um sich, so kalt ist es geworden. Eiskalt. Servatius erhebt sich. Würden Sie die Freundlichkeit haben, Herr Vorsitzender, den Namen zu nennen?
Landau dreht sich zur Seite, flüstert mit dem Richter zu seiner Rechten, er heißt Halevi. Dann flüstert er mit Raveh, der links von ihm sitzt. Beide nicken. Landau steht auf. Nagar, sagt er. Der Name lautet Shalom Nagar.

Seht ihr? Ich war das Codewort. Pech gehabt!
Shalom –
Nein, warte, Moshe. Ich will euch eine Geschichte erzählen. Eichmann hatte diesen Bankier, wie hieß er –
Storfer?
Storfer, ja, der ihm Geld besorgt hat für – für seine Sachen und später die Schiffe gekauft hat, die nach Palästina fahren sollten. Alte Schiffe, die Ruder gingen kaputt, sie sind nicht angekommen. Eichmann mochte Storfer und hat sich um ihn gekümmert. Eines Tages, Eichmann kommt von einer Dienstfahrt zurück, hört er, dass Storfer nach Auschwitz abtransportiert worden ist. Eichmann setzt sich wieder ins Auto und fährt nach Auschwitz, eine lange Fahrt, er braucht die ganze Nacht, das ist ihm egal. Als er am frühen Morgen ankommt, geht er durch das Tor und setzt sich auf die erste Bank, die er sieht. Ich bin immer am Eingang geblieben in Auschwitz, hat er gesagt. Weiter konnte ich nicht, diese Ofengeschichten konnte ich nicht sehen. Der Lagerkommandant wird benachrichtigt, er heißt Höß: Obersturmbannführer Eichmann sitzt auf einer Bank am Lagereingang. Höß weiß nicht, was das zu bedeuten hat.

Er geht hin, begrüßt Eichmann, setzt sich neben ihn auf die Bank. Sie unterhalten sich, reden über Schäferhunde und freuen sich auf Weihnachten. Dann sagt Eichmann, er ist wegen Storfer gekommen. Höß weiß nicht, wen er meint, Eichmann erklärt es ihm. Storfer wird geholt.
Ja, mein lieber guter Storfer, sagt Eichmann, als der Alte vor ihm steht. Was haben wir denn da für ein Pech gehabt? Storfer sagt, er hat eine Dummheit gemacht, aber jetzt, denkt er, wird alles gut. Eichmann schüttelt den Kopf. Da kann ich nichts machen, lieber Storfer. Ich bin nicht dienstlich hier, das müssen Sie verstehen. Es ist ein rein menschliches Treffen. Aber auch dienstlich könnte ich gar nichts machen. Ich kann Sie hier nicht herausnehmen.
Storfer beklagt sich, dass er auf Strohbündeln schlafen muss, die horizontal geordnet sind. Das drückt mich, Herr Obersturmbannführer, sagt er. Ich bin ein alter Mann, ich kann nur auf Strohbündeln schlafen, die vertikal geordnet sind. Eichmann sagt zu Höß, dass Storfer eine ordentliche Matratze bekommen soll. Höß lässt den zuständigen Mann holen und weist ihn an, eine Matratze zu besorgen.
Storfer beklagt sich, dass er im Lager zu schwere Arbeit leisten muss. In seinem Alter kann er das nicht mehr. Eichmann sagt zu Höß, hören Sie, schwer arbeiten soll mir der Storfer aber nicht. Höß lässt einen Besen bringen. Storfer nimmt den Besen, fegt um Eichmann und Höß herum.
Höß lässt Tee und Kuchen auftragen, sie trinken Tee, essen Kuchen. Storfer fegt. Als sie den Kuchen gegessen haben, steht Eichmann auf, verabschiedet sich von Höß, legt Storfer die Hand auf die Schulter und steigt in seinen Mercedes. Der Wagen fährt ab, Storfer steht am Zaun und sieht ihm

nach, den Besen in der Hand. Als Eichmann nicht mehr zu sehen ist, wird Storfer erschossen, von hinten ins Genick. Pech gehabt.

Zweiundzwanzig Wächter, einer muss zu Eichmann in die Zelle: Shalom Nagar. Pech gehabt.
Zweiundzwanzig Wächter, einer muss Eichmanns Henker sein: Shalom Nagar. Pech gehabt.
Nagar drückt den Knopf! Nagar muss die Leiche vom Strick nehmen! Nagar wird mit Blut bespuckt! Seinen letzten Satz sagt der mit Blut, schreibt ihn auf den kleinen Jemeniten. Pech gehabt!

Eichmann hat Vorgaben bekommen, wisst ihr. Eine Zahl! Er hat eine Zahl bekommen: Zehn komma drei Millionen. So viele Juden gab es, so viele sollte er wegschaffen. Er rechnet: Wie viel Zeit hat er, wie viele Züge braucht er, wie viele Waggons? Wie viele Juden bekommt er in einen Waggon? Zuerst haben sie Personenzüge genommen, Dritte-Klasse-Waggons, aber da passten zu wenig hinein, das dauerte zu lange, er braucht anderes Material, hat Eichmann gesagt, die Juden müssen schneller rollen! Keine Personenzüge, hat er gesagt, Juden sind Fracht! Er braucht Güterzüge, gedeckte R-Waggons, so hieß das. Mit denen wurden Soldaten an die Front gebracht, achtundvierzig Männer pro Waggon. Das war ihm immer noch zu wenig. Also hat er überlegt: Soldaten haben Gepäck dabei und Waffen, das braucht Platz. Juden brauchen kein Gepäck. Er kann siebzig, achtzig, hundert in einen R-Waggon stecken. Das hat er gemacht, auf jedem Bahnhof war er, hat seinen Arm auf die Waggons gedrückt, dann fuhren die Züge ab, keiner konnte sie aufhalten, und er hat seine Listen geführt. Fanatisch! Das hat er mir selbst erzählt. Mein Fanatismus, meine Rasanz!, hat er gesagt, und er ist stolz darauf. Da konnte der Meister zeigen, was in ihm steckt. Der Einzeljude interessiert mich nicht!, hat er gesagt. Das Kleingemüse geht mich nichts an, der Jude wird für mich erst sichtbar ab zehntausend Stück. Ich habe Zahlen zu liefern, große Zahlen! Und ich habe geliefert, sagt er, ich habe durchgeführt, rücksichtslos, mit scharfer Eleganz, die Transporte sind gerollt, dass es eine Pracht war, und wenn einer mir querschießen wollte, bin ich dazwischengegangen. Überall bin ich aufgetaucht, überall mussten sie rechnen mit mir, ich war immer da, auch

wenn ich nicht da war. Eichmann! Sie wussten nicht, ist das ein Name, ist das ein Befehl?
Dann war der Krieg aus. Eichmann hat gesagt, das interessiert mich nicht, das geht mich nichts an. Ich habe meine Zahl. Und er hat weitergearbeitet. Weiter, weiter. Aber er wurde nicht fertig. Dann haben ihn die Leute vom Mossad geschnappt, hierher gebracht, ins Gefängnis gesteckt. Er konnte nicht aufhören, er hat weitergearbeitet, Pläne gemacht, Listen geschrieben. Wenn er verschwunden ist – das hatte mit seinen Plänen zu tun. Die Zahl war genannt, die Zahl musste erfüllt werden. Jetzt hat er erfüllt! Er ist fast fertig. Nur ein Jude fehlt noch in der Rechnung. Den hat er sich aufgespart. Sein besonderer Jude, sein Wächter, sein Wärter. Markiert hat er ihn, als er am Strick hing. Blut ist der Sitz der Seele, wisst ihr. Abwaschen konnte ich sein Blut von meinem Gesicht, ablegen konnte ich die Uniform, auf der sein Blut war. Aber die Seele, kann man Seele abwaschen? Er hat gewartet bisher. Er ist bei mir gewesen die ganze Zeit, hat mich nicht aus den Augen gelassen, Tag und Nacht. Geredet hat er! Ich weiß alles. Und jetzt kommt er. Mein Messer hat er zerbrochen, er übernimmt das Gelände, den Rastplatz auch. IV B 4, seine Dienststelle. Er sucht Mitarbeiter. Hat er euch schon gefragt?
Der fragt nicht mehr, Shalom. Der zerbricht nichts, der übernimmt nichts. Eichmann ist tot!
Was meinst du?
Tot, gestorben, meine ich. Vor fünfzig Jahren!
Er kennt keinen Unterschied, Ben.
Der Tod?

Eichmann! Ich will euch eine Geschichte erzählen. Nach der Urteilsverkündung, als Eichmann zum Tod verurteilt worden war, ist ein Prediger zum Gefängnisdirektor gekommen. Er hieß Hull und hatte immer seine Frau bei sich, eine kleine, dünne Frau, schick angezogen mit Stöckelschuhen und Hut und Schal. Er muss Eichmanns Seele retten, hat Hull gesagt. Der Gefängnisdirektor wollte das nicht. Eichmann muss mit seiner Seele selbst zurechtkommen, meinte er. Hull ist zu irgendjemand anderem gegangen, dem Minister oder was weiß ich, und der hatte nichts dagegen. Sie haben dann Eichmann gefragt. Der wollte keinen Prediger sehen, keine Zeit, er muss schreiben. Aber auf einmal hat er doch gewollt. Also ist Hull gekommen, zweimal die Woche. Wir haben Eichmann ins Besucherzimmer gebracht, und sie haben geredet. Zuerst nur Hull, Eichmann hat zugehört und den Kopf geschüttelt. Irgendwann war seine Geduld dann zu Ende, er schnitt Hull das Wort ab. War's das jetzt? Es reicht, hat er gesagt, ich habe lange genug zugehört, jetzt will ich reden. Was Sie predigen, glaube ich nicht, hat er gesagt. Sie kommen mir immer mit der Bibel und mit Gott und mit Jesus Christus, aber was in der Bibel steht, interessiert mich nicht. Das geht mich nichts an. Ich habe meinen eigenen Glauben. Und dann hat er losgelegt.

Dass Gott den Menschen geschaffen hat, glaube ich nicht, hat er gesagt. Dass Gott einen Sohn hat, glaube ich nicht, und ich glaube auch nicht, dass es eine Hölle gibt. Ich habe mich mit den Naturwissenschaften beschäftigt, ich habe viele Bücher von Mathematikern und Physikern gelesen. Ich habe durch ein Teleskop in den Sternenhimmel

geschaut, und ich habe die endlosen himmlischen Weiten gesehen, die sich nachts in Brunnen spiegeln. Was ich gesehen und was ich gelesen habe, stimmt mit meinem Glauben überein.
Alles ist Energie, hat er gesagt. Wir auch. Wir sind Energie. Energie wird umgewandelt. Etwas bewegt sich, etwas hält still, es bewegt sich wieder, es hält wieder still. Etwas wird warm, etwas kühlt ab, es wird wieder warm, es kühlt wieder ab. Hin und her, vor und zurück. So ist es auch mit mir, hat er gesagt. Die Energie wird Eichmann, Eichmann wird Energie, die Energie wird wieder Eichmann, Eichmann wird wieder Energie. Ich werde abkommandiert von einer Erscheinungsform in die andere, hat er gesagt. Mal habe ich Energie zu sein, mal Eichmann, da kann ich gar nichts machen. Das ist die höhere Ordnung, das Wollen und Walten. Mit Leben und Tod hat die Umwandlung gar nichts zu tun, sagt Eichmann. Das sind nur menschliche Vorstellungen. Er kann leben und Energie sein oder Eichmann sein und tot. Aber es gibt ein Geheimnis, hat er gesagt.
Der Prediger wollte davon nichts wissen, er hat gar nicht verstanden, was Eichmann meinte. Er ist ihm immer wieder mit der Bibel gekommen, hatte ihm sogar eine gekauft und darin allerlei angestrichen und Zettel hineingelegt. Wir mussten Eichmann das Buch geben, wenn er Hull im Besucherzimmer gegenübersaß. Eichmann hat die Bibel gleich wieder weggeschoben, mit dem Unterarm, ganz an den Rand des Tisches. Einmal ist sie auf den Boden gefallen, er hat sie liegen lassen. Seiner Frau hat er die Bibel sogar zerrissen, sie las viel darin, das passte ihm nicht, da hat er sie ihr weggenommen und in der Mitte durchgerissen. Die

Frau hat dann in der zerrissenen Bibel weitergelesen, mal in dem einen, mal in dem andern Teil.
Eichmann wollte sein Geheimnis verraten, versteht ihr? Aber der Prediger hat nicht zugehört. Bereuen Sie! Bereuen Sie!, hat er gerufen, und seine Frau hat die Hände dazu gefaltet. Sie musste alles übersetzen, Eichmann und Hull konnten sich nicht verstehen, der Prediger sprach nur Englisch und Hebräisch, Eichmann nur Deutsch und Spanisch. Bereuen Sie! Bereuen Sie! Eichmann hat die beiden bloß verständnislos angeschaut. Er will sein Geheimnis verraten, und die hören nicht zu. Das konnte er nicht begreifen.
Und, was war sein Geheimnis? Oder weißt du es nicht?
Doch.
Aber du sagst es nicht?
Ich sage es euch, Ben. Es gibt etwas, das die Umwandlung stoppt!
Nämlich?
Asche. Wenn du die Erscheinungsform Mensch zu Asche verwandelst, verschwindet die Energie. Sie geht ins Feuer, die Flammen fressen sie. Nichts mehr, was umgewandelt werden kann. Der Mensch ist weg. Er kann nicht mehr sein! So wie – wie der viereckige Kreis. Oder der schwarze Schimmel. Das soll mit den Juden passieren, versteht ihr? Amalek will es so. Er hat Eichmann den Befehl gegeben. Der andere Führer, wie heißt er?
Hitler?
Der ist nur Stellvertreter. Die oberen Deutschen, sie reden direkt mit Amalek. Flammenführer, so nennen sie ihn. Eichmann ist Flammenführers Liebling. Sein Habibi! Er flüstert mit ihm.

Woher hast du das, Shalom?
Habibi? So hat die Frau den Wolf genannt, im Bezirk. Du weißt doch, wo der Himmel sich im Brunnen spiegelte. Da hat Eichmann angefangen zu glauben.
Nein, ich meine: Flammenführer. Woher hast du das Wort?
Von Eichmann! Er redet manchmal so zur Seite, in die Luft, wisst ihr, wenn er glaubt, dass ich nicht zuhöre. Er redet, und dann lauscht er lange. Hat er genug gelauscht, schlägt er die Hacken zusammen und steht stramm. Jawohl, Flammenführer! Zu Befehl!
Nagar stößt Ben mit dem Ellenbogen in die Rippen, er wirkt gelöst, heiter beinahe. Zu Befehl! Flammenführer! Jawohl! Sie sind verrückt, die Deutschen. Verrückt sind sie.
Er stopft sich seine beiden Birnenhälften in den Mund, dann nimmt er meine, dann die, die neben Bens Becher liegen. Er glänzt vor Vergnügen, mit fiebrigen Augen.

Ben ist verstummt, seine Kiefer mahlen, als kaute er. Nicht Birnen, härtere Bissen. Nagar steht auf, Ben zieht ihn am Arm in den Stuhl zurück.
Was ist, Ben? Ich will uns Fleisch braten, ich habe noch Hammelfleisch.
Später, Shalom, später kannst du braten. Vorher hörst du zu. Eichmann ist nicht hier, Shalom. Er wird keine Dienststelle einrichten, er wird gar nichts mehr tun. Er ist vernichtet! Du hast es doch gerade selbst gesagt: Wird die Erscheinungsform Mensch zu Asche verwandelt, verschwindet die Energie. Sie geht ins Feuer, wird gefressen von den Flammen. Nichts mehr, was umgewandelt werden kann. Der Mensch ist weg. Er kann nicht mehr sein! Eichmann ist

Asche, Shalom. Du hast seine Leiche in den Ofen geschoben. Er ist Asche!
Nagar sieht Ben an, seinen Freund. Wärme liegt in seinem Blick, Dankbarkeit und die zärtliche Verzweiflung, die man einem entgegenbringt, den man liebt, der aber nicht versteht und nie verstehen wird.
Eichmann ist der Amalek, Ben. Einer aus Amaleks Volk. Die kannst du nicht vernichten. Samuel hat Agag in Stücke gehauen, aber die Stücke sind geblieben – Umwandlung! Mordechai hat Hamann gehängt, aber der Körper ist geblieben – Umwandlung!
Nagar hat Eichmanns Leiche in den Ofen geschoben – Asche! Asche, Shalom! Du hast ihn vernichtet. Du bist der letzte in der Reihe.
Ich will euch eine Geschichte erzählen. Uns Wächtern war befohlen, das Licht in Eichmanns Zelle immer brennen zu lassen. Wir sollten immer sehen, was er gerade macht. Manchmal haben wir das Licht aber doch ausgeschaltet. Es war sehr hell, und durch die Türklappe fiel genügend Licht aus dem Vorraum. Ein schmales Rechteck mit unscharfen Rändern, das schimmerte wie – wie ein ganz frühes Licht. Eichmann ist immer um das Rechteck herumgegangen, nie hat er es berührt, kein einziges Mal. Er drückte sich ans Bett, wenn er daran vorbei musste, setzte seine Filzhausschuhe so, dass sie immer am Rand der beschienenen Fliesen blieben. Dann kam der Abend vor – vor dem Tag, an dem er gehängt wurde. Wir Wächter wussten ja nicht, dass es sein letzter Abend war, aber er, er hat es gespürt. Irgendwann haben wir das Licht in der Zelle ausgeschaltet. Das Rechteck schimmerte auf den Fliesen. Eichmann saß am Schreibtisch, er hat

geschrieben, obwohl er kaum noch etwas sah. Als es Zeit war, ins Bett zu gehen, ist er aufgestanden, hat zwei Schritte gemacht und sich auf die Fliesen gestellt, in das Licht. Zum ersten Mal ist er nicht darum herumgegangen. Jetzt war es sein Licht, an diesem Abend, dem letzten, gehörte es ihm. Da stand er, strahlend. Das war ein Zeichen, versteht ihr? Er weiß, er wird sterben. Der Tod kommt. Für alle Menschen heißt das Ende, Dunkel. Aus. Aber er, er steht im Licht.
Eichmann ist Asche, Shalom. Gehängt, verbrannt, im Meer verstreut, um die Erde getrieben, aufgelöst in den Ozeanen. Nirgendwo mehr eine Spur von ihm. Es ist vorbei.
Nein, Ben. Er ist da. Er kommt, mich zu holen. Immer bin ich es, den sie holen, wisst ihr. Ich bin Saul.
Wer bist du?
Das Volk sprach zu Samuel, gib uns einen König. Wir wollen sein wie all die anderen Völker. Samuel wandte sich an den Herrn, und der Herr sagte: Folge ihrem Willen. Es gibt einen unter ihnen, der heißt Saul, das bedeutet: Der Erbetene. Samuel tat, wie ihn der Herr geheißen hatte. Er salbte Saul und sagte ihm, du wirst König sein. Nur wusste das Volk noch nichts davon. Samuel wollte dem Volk den König nicht vorsetzen, er wollte ihn aus ihrer Mitte kommen lassen. Also ließ er das Los werfen. Alle waren sie gekommen, alle Stämme Israels, alle Geschlechter, Mann für Mann. Das Los wurde geworfen, das Los fiel auf Saul. Aber Saul war nicht da, er trat seinen Platz nicht an. Sie suchten ihn, er war nicht zu finden. Schließlich zogen sie ihn hinter Kisten und Bündeln hervor und stellten ihn in ihre Mitte. Es lebe der König! Aber Saul, der Erbetene, wollte nicht. So viele Männer, und das Los fiel auf den, der nicht wollte. Du bist nicht Saul, Shalom. Du hast dich nicht versteckt.

Sie mussten dich nicht suchen hinter Kisten und Bündeln.
Doch. Gesucht haben sie mich. Es war mein freier Tag, ich ging spazieren, mit Ora und unserem Jungen. Vor den Hügeln haben sie mich gefunden und ins Auto gezogen. Und danach, als Eichmann am Strick hing – versteckt habe ich mich hinter meinen Kollegen. Aber Merhavi hat mich aufgerufen. Komm her, Shalom, sagte er. Das ist kein Spiel hier. Hervorgezogen wurde ich hinter Kisten und Bündeln. Seither verstecke ich mich wieder. Jeden Tag, jede Nacht. Aber er findet mich.
Er ist tot, Shalom. Du bist sein Henker.
Henker? Der einzige, den es gab in diesem Land? Ich komme aus dem Jemen, wisst ihr. Dreizehn, vierzehn Jahre alt war ich, als ich nach Israel kam. Vom Krieg hatte man uns erzählt, von all den anderen Sachen nichts. Eichmann? Wer ist das? Ich wusste nichts von ihm. Salaam Nagar bin ich, aus Sanaa. Was hatte ich zu tun mit Eichmann? Verwechselt haben sie mich. Es gab einen, der mir ähnlich sah, Yoram hieß er, ich kannte ihn nicht. Alles Theater! Nagar wurde von Yoram gespielt. Wer war Eichmann? Auch ein anderer. Stellvertretend, im Auftrag. Der Galgen? Der Strick? Das war nur – wie heißt das, die Sachen im Theater?
Kulissen?
Kulissen, ja. Auch die Leiche. Und das Blut! Nicht echt.
Der Ofen, Shalom! Der Ofen war echt. Er hat gebrannt.
Ofen? Nagar blinzelt, kneift die Augen zusammen, als bemerke er die Abendsonne erst jetzt, die tief steht, deren Strahlen uns bescheinen, unwiderlegbar wirklich.
Der Ofen war aus Eisen, Shalom. Kulissen machen sie nicht aus Eisen.
Zeklikovsky hatte ihn gebaut. In Petach Tikvah.

Siehst du. Also gibt es ihn!
Nagar sagt nichts dazu. Er betrachtet seine Hände, streicht über seine blaue Schürze, die sauber ist. Kein Tropfen Blut.
Den Ofen gibt es, Shalom. Gebaut für Eichmann. Eichmanns Leiche hat darin gebrannt.
Wo?
Ich weiß nicht, wo der Ofen stand. Das musst du doch wissen.
Ich war nicht dabei, Ben.
Natürlich warst du dabei! Du hast Eichmann in den Ofen gesteckt!
Mir war schlecht. Merhavi hat gesagt: Es ist gut, Shalom. Epstein fährt dich nach Hause.
Eichmann hat gebrannt im Ofen!
Danach haben sie ihn versteckt.
Eichmann?
Den Ofen. Keiner sollte ihn finden.
Also ist er noch irgendwo!
Im Gefängnis. Sie haben ihn ins Gefängnis gebracht, Ben. Er stand unter den Treppen, den Schornstein konnte man abnehmen.
Vielleicht steht er noch immer da, Shalom! Er muss noch da sein. Morgen fahren wir hin, wir drei. Nach Ramlah. Und wenn wir vor dem Ofen stehen, weißt du, dass Eichmann Asche ist. Keine Umwandlungen mehr!

Wohin fragst du uns, Ben. Wohin redest du uns? Wenn wir vor dem Ofen stehen, weißt du, dass Eichmann Asche ist. Ein Konditionalsatz. Spürt er das Risiko dieser grammatischen Form? Wenn – dann. Wenn nicht – dann nicht. Weiß oder schwarz. Das ist Ben. Unerschütterlich vertraut er den zwei Werten der Logik, der einfachsten Formel für Wirklichkeit. Ihr soll die Welt sich fügen und alles, was von ihr erzählt wird. Deshalb fragt er, hakt ein, hilft nach. Und ist eine Sache mit Worten nicht zu klären, muss der Augenschein sie richten.
Morgen also nach Ramlah, ins Gefängnis. Werden sie uns überhaupt hereinlassen? Vermutlich, ja. Sie werden Nagar, ihrem alten Kollegen, den Gefallen tun.

Es wurde Abend, und es wurde Morgen. Ein weiser Wechsel, den die Priester an den Flüssen von Babylon besungen haben in ihrem Hymnus auf die Schöpfung. Keine Nacht soll endlos wuchern, nicht einmal die Shalom Nagars, des ersten und des letzten Henkers, des Henkers wider Willen, des tapferen Widersachers Amaleks. Ich sitze noch am Tisch, einer unbestimmten Nervosität ausgeliefert, als Ben erscheint, mich abzuholen. Es ist Zeit, Moshe, sagt er.
Ben hat sich ein Auto geliehen, mir zuliebe, Nagar will mit dem Bus fahren, allein. Ich stelle mir vor, dass er im Gefängnis seine alten Wege geht, bevor wir kommen. Er steigt die Treppen hinauf, an Eichmanns Appartement vorbei, wo ihm die Knie weich werden, öffnet die Tür, die aufs Gefängnisdach führt. Dort oben ist noch alles wie vor fünfzig Jahren, noch immer gibt es die Trennwände, mit Säcken verspannte Gitter, die Eichmann allen Blicken entzogen

haben, noch immer öffnet sich der an den Gittern vorbeiführende Weg auf das Rechteck, das die Wächter Sportplatz nannten. Dort steht der Stuhl. Ich stelle mir vor, dass Nagar die Arme vor der Brust verschränkt, den Kopf senkt und das Rechteck abschreitet, die Längsseite entlang geht, sich umdreht, den halben Weg zurückgeht, die Fläche quert, sich umdreht, zum Ausgangspunkt zurückgeht. Ein Muster, das keinen Sinn ergibt. Ich stelle mir vor, dass er sich auf den Stuhl setzt, wartet, dass einer kommt, ihm seine Zigarette zu reichen. Dann fällt ihm ein: Er raucht ja gar nicht.

Vor dem Gefängnistor stellt Ben das Auto ab, holt meinen Rollstuhl aus dem Kofferraum, den er zum Transport zerlegt hatte, baut ihn wieder zusammen. Wir zeigen unsere Papiere, der Posten nickt, lässt uns in den Hof und weist mit ausgestrecktem Arm die Richtung. Der Haupteingang ist dort hinten, sagt er, Sie werden erwartet. Schritt für Schritt schiebt Ben den Rollstuhl über den Hof. Der Boden leistet Widerstand. Mal sinken die Räder ein, lassen mein Gefährt auf Grund laufen, mal verkanten sich einzelne Kiesel, zwingen Ben auszuweichen. Nachgiebig wie fließender Sand, stur wie Fels. Kaum, dass wir Spuren hinterlassen auf unserem Kurs. Keine Furchen, die der Rollstuhl zieht, kaum Abdrücke von Bens Schuhen, obwohl er sich mit seinem ganzen Gewicht in den Boden stemmt, um voranzukommen. Knirschend meistern wir Meter für Meter, konzentriert auf jedes Manöver.

Nagar bemerken wir erst, als sein Schatten auf uns fällt. Ben hält inne, ich hebe den Kopf. Und mich durchzuckt ein Ge-

danke, so schneidend scharf, so hart, dass ich für Sekundenbruchteile glaube, meine Beine wieder zu spüren:
Du bist das falsche Opfer, Shalom! Dich verfolgt Eichmann nur stellvertretend. Im Auftrag. Ich, Adolf Schneider, bin gemeint! Der Verräter.
Wir sind am Hauptgebäude. Ben schnauft, der Kampf gegen den Kies hat ihn erschöpft. Mir zittern die Hände, auch den Kopf kann ich nicht ruhig halten. Ein Wächter empfängt uns vor dem Eingang. Er hat Auftrag, uns zum Ofen zu führen. Deine Beschreibung am Telefon hat geholfen, sagt er zu Nagar, wir haben das Ding im Erdgeschoss des Wirtschaftstrakts gefunden, unter der Treppe. Einmal quer über den Hof, das linke Gebäude, da ist es. Dann sieht er mich an, den Zitternden, und den durchgeschwitzten Ben. Wir können auch durchs Hauptgebäude gehen, sagt er. Hier entlang, meine Herren.
Flur folgt auf Flur. Durch die Gitterfenster fällt Licht, das den Boden schraffiert. Wenn Ben mich mit dem Rollstuhl darüberschiebt, streichen wir das Muster durch. Zu hören ist fast nichts, nur der Hall von Schritten, disharmonisch am Anfang, dann eingeregelt auf einen gemeinsamen Takt. Am Ende jedes Flures schließt der Wächter die Tür auf, lässt uns durch, verriegelt wieder, geht an uns vorbei, uns voraus, in den nächsten Gang. Endlich verlangsamt er seinen Schritt. Eine Tür noch, sagt er. Nagar beginnt zu summen, das Kreischen der Scharniere, als die Tür geöffnet wird, übertönt ihn. Ich lasse euch allein, sagt der Wächter. Hinter uns fällt die schwere Tür ins Schloss, wir hören den Schlüssel sich drehen.

Vor uns, eingepasst in das Dreieck zwischen aufsteigender Treppe und Boden, ein wuchtiges Etwas, dessen Formen sich unbestimmt unter einer grauen Plane abzeichnen. Ben zögert, dann gibt er Nagar ein Zeichen. Vorsichtig heben sie gemeinsam die Plane an, falten sie zur Seite. Als die zu Boden gleitet, wirbelt Staub auf und wolkt sich über dem nackten Ofen. Schwarz und schwer steht er da. Ich erkenne ihn wieder, obwohl ich ihn noch nie gesehen habe, vergleiche die Maße, sehe die Brennkammer, die umlaufenden Rippen, die schwere Klappe an der Stirnseite. Alles stimmt. Aber dem letzten Zweifel ist Sehen nicht genug. Ben versteht meinen Blick und schiebt mich näher heran. Ich strecke die Hand aus. Taste mit den Fingerkuppen über das Metall, die grobe Körnung, die schnurgeraden Nähte. Ben ist neben mir. Er schließt die Faust, beklopft einmal, zweimal den Zylinder. Und Nagar? Nagar hat sich still vor die Ofenklappe gestellt und seine Hand darauf gelegt. Streichelt darüber, vorsichtig, sanft. Dann hält er inne und sieht uns an, Tränen in den Augen.
Der Herr ist mein Thron, Ben. Und Moses sprach: Die Hand an den Thron des Herrn!
Als der Wächter zurückkommt, haben Ben und Nagar den Ofen gerade wieder verhüllt. Wir werden durch die Tür zum Hof entlassen. Die Tür, durch die man den Ofen hierher geschleppt und geschoben hat, vor fünfzig Jahren. Draußen blendet die Sonne nicht mehr. Nagar umarmt Ben, beugt sich dann zu mir herunter und umfasst meine Schultern, zwinkert mir zu. Zum ersten Mal, seit wir uns kennen, greift er nach den Griffen meines Rollstuhls.

Der Wächter begleitet uns noch ein Stück. Hat sich der Kies geglättet unter den Rädern, oder liegt es an Shalom, dass wir gleiten?
Als wir die Mitte des Hofes erreicht haben, bleibt der Wächter stehen. Wir geben ihm die Hand, bedanken uns. Der Wächter schiebt seine Mütze in den Nacken, wischt sich die Stirn. Irgendwas stimmte damals nicht mit dem Ofen, sagt er. Die Brennkammer wurde nicht heiß genug, die Hitze ging nach außen weg. Vielleicht haben sie ihn falsch bedient, vielleicht war er auch falsch konstruiert. Jedenfalls ist Eichmann nur teilweise verbrannt. Ein Teil von ihm wurde Asche, ein Teil – ich weiß nicht. Die Asche haben sie ins Meer gestreut. Das andere haben sie vergraben.
Schwindel packt mich, ich fühle Nagar erstarren hinter mir. Die Hände um die Lehnen des Rollstuhls gekrallt, versuche ich ein Summen. Nagar fällt ein. Ben summt nicht mit. Er fragt.
Vergraben? Wo?
Hier irgendwo, sagt der Wächter und macht eine vage Handbewegung. Wo wir stehen, vielleicht.

Die Idee zur Konzeption dieses Romans
wie auch einige Nagar-Texte verdanken wir
Netalie Brauns Film *The Hangman (Hatalyan)*
(Pardes, 2010).

Erste Auflage 2014

Lektorat: Melanie Heusel
Buchgestaltung: Sarah Winter und Victor Balko
Umschlaggestaltung: Sarah Winter
Satz, Druck, Bindung:
Steidl, Düstere Straße 4, 37073 Göttingen
steidl.de

Printed in Germany by Steidl
ISBN 978-3-86930-829-6